歡喜念歌詩 ②

幼兒教學－河洛語

枝仔冰

歡喜念歌詩②

河洛語
枝仔冰

主題五 嬰仔搖（甜蜜的家）

壹 本文

主題九 阿珠仔愛照鏡（日用品）

主題十 電腦及鳥鼠仔（科技生活）

# 序

　　語言，不論是外語或方言，都是一扇窗，也是一座橋，它開啓我們新的視野，也聯結不同的族群與文化。

　　河洛語是中國方言的一種，使用的地區除了福建、台灣之外，還包括廣大的海外地區，例如東南亞的菲律賓、泰國、馬來西亞、印尼、新加坡、汶萊，以及美國、加拿大、澳洲、紐西蘭、與歐洲、中南美洲的台僑社區。根據格萊姆絲（Barbara F. Grimes）女士在2000年所著的民族語言（Ethnologue, 14 ed.）一書中估計，全球以河洛語作母語的使用者有四千五百萬人，國内學者估計更高達六千萬人。今年九月，美國哈佛大學的東亞系首開西方大學風氣之先，邀請台灣語言學家與詩人李勤岸博士開授河洛語課程；河洛語的普及與受重視的程度，乃達到歷史的新高。

　　我是一個所謂「外省第二代」的台灣人（用最時髦的話說，是「新台灣人」的第一代），從小在台北最古老、最本土的萬華（艋舺）長大，居住的大雜院不是眷村，但是幾乎全部是外省人，我的母語並不是國語，而是湖南（長沙）話，平常跟河洛語雖有接觸，但是並不深入，因此一直說得不流利。我的小學（女師附小）、初中（大安初中）、高中（建國中學）、大學（台大），都是在台北市念的，同學之間大都說國語，很少有說河洛語的機會，在語言的學習上，自然是跟隨社會上的大潮流走—重視國語與外語。大學畢業後，服兵役在南部的左營，本該有不少機會，但是軍中不准講河洛

語，只有在當伙委去市場買菜，或假日到高雄、屏東遊玩的時候，才有機會講講。退伍後立即出國留學，接觸機會又變少了，一直到二十年前回國服務，才再恢復對河洛語的接觸。

我開始跟方南強老師正式學河洛語，是一九九六年九月，當時不再擔任部會首長，比較有時間、有系統地學習河洛語，但是每週也只有二個小時。次年辭卸公職，回政大法律系教書，一年後參選並當選台北市長，每週一次的河洛語課一直未中斷。這五年來，我的河洛語有了不少的進步，一直有一個心願，就是為下一代打造一個可以方便學習各種母語的環境，以縮短不同族群背景市民間的距離。

我的第一步，是在台北市的幼稚園教唱河洛語歌謠與簡單的會話，先從培訓師資開始，在八十八年的暑假開了十八班，幼稚園的老師們反應熱烈，參加的老師達五百四十人。當年九月，台北市四百十一所幼稚園全面開始教河洛語歌謠與會話，八個月後，二五七位托兒所的老師也完成了講習，河洛語的教學乃擴張到六百零二家托兒所，可謂盛況空前。這本書，就是當時教育局委託一群河洛語學者專家（包括方老師）所撰寫的教本，出版當時只印了兩千本，很快就用光了，外縣市索取者眾，實在供不應求。最後決定在教育局的支持下，由作者委託正中書局和遠流出版公司聯合出版。

這本書內容淺顯而豐富，既有傳統教材中鄉土的內涵，也有現代生活中的特色。此外，設計精美的詩歌讀本，更能吸引學生興趣並幫助學生的記憶，可說是一大創舉。我對這本書有如下的期望：

—讓不會說河洛語的孩子能跟他們的父母、阿公阿媽更有
效的溝通，增進親子關係；

—讓不會說河洛語的外省、客家、原住民孩子能聽、能講
河洛語，增進族群和諧；

—讓河洛語推陳出新，納入更多現代生活的內涵。

　　台灣人的母語當然不只有河洛語，客語及原住民語也應
該學習。今年九月，全國的國民小學開始實施九年一貫課程
，教育部要求小一學生必須在河洛語、客語及原住民語這三
種母語中，選擇一種。台北市的要求，則是除了必選一種之
外，對於其他兩種母語，也要學習至少一百句日常用語或若
干歌謠，這樣才能避免只選修一種可能帶來的副作用。這一
種作法，我曾跟教育部曾志朗部長交換意見，也獲得他的支
持。相關的教材，都在編撰出版中。

　　族群和諧是台灣人必走之路，語言的學習則是促進和諧
、帶動進步最有效的方法。希望這一本書的出版，能為這一
條必走之路，跨出一大步。

馬英九

民國九十年十月五日

編輯大意

一、教材發展的目的和意義

幼稚園的鄉土教育由來已久，由於學前階段的課程是開放的，不受部定教材的規定，時間上也非常自由，沒有進度的限制，實在是教育者實現教育理念的沃土，其中鄉土教育也隨著文化保留的世界潮流而受到重視，成為課程中重要的部分。

母語是鄉土教育的一環，到今天母語的提倡已不再是意識型態的問題了，而是基於文化傳承和尊重每一個文化的觀點。今天母語要在幼稚園開放，並且編寫教材，使幼兒對鄉土有較深入的接觸，可以培養出有包容力的情懷，和適應多元社會的能力。

但是，母語教材如何在一個開放的教育環境內使用，而仍能保持開放的原則？這是大家所關心的，基於此，在教材的設計、編排上有異於國小。在功能上期望能做到：

㈠ 營造幼兒河洛語的學習環境。

㈡ 成為幼兒河洛語文化探索的資源之一。

綜合上述說明，歸納教材發展的意義如下：

㈠ 尊重多元文化價值。

㈡ 延續河洛語系文化。

㈢ 幼兒成為有包容力的現代國民。

㈣ 幼兒發展適應多元化社會的能力。

二、教材特色

這套教材無論在架構體系上，內容上的規畫，創作方式上及編排的形式上都有明顯的風格和特色。如架構體系的人文主義色彩，教材的生活化、創作的趣味化和啓發性以及應用上的彈性和統合性等，現分述如下：

(一) 人文化：

本套教材不僅考慮多元的教學法使用之方便，而設計成與眾不同的裝訂方式，而且內容也以幼兒爲中心，配合全人教育的理念，在河洛語系文化中探索自我及個人與他人、個人與社區鄉里、個人與民族、個人與世界，乃至於個人與大自然的關係，使語言學習成爲全人教育的一環。這是由五位童詩作家主筆的，所以都是詩歌體，他們在創作時，時時以幼兒爲念，從幼兒的角度出發，並將幼兒與文化、環境密切結合。

(二) 生活化：

幼兒學習自經驗開始才能達到學習效果，母語學習與生活結合，便是從經驗開始，使生活成爲學習母語的眞實情境，也使學習母語成爲文化的深度探索。語言即文化，文化即生活，深入生活才能學好語言。這些童語，有濃厚的鄉土味，取材自鄉土文化，讓人有親切感。同時這是台北市所編寫的教材，自然也以台北市爲背景，在創作時是以都會區幼兒的生活實況和需要爲基礎的。因此也會反映生活的現代面，譬如適切使用青少年的流行語言，使教材兼具現代感，讓幼兒學到傳統的，同時也是現代的河洛

語，使河洛語成爲活的語言，呈現新的風貌。

(三) 趣味化：

爲了引起幼兒對學母語的興趣，教材無論在內容上、音韻上均充滿童趣。教材雖然以詩爲主，但是大多的詩是生活化的白話語句，加上音韻，目的使幼兒發生興趣，而且容易學到日常語言，尤其是一些較難的名稱。此外，內容有「寓教於樂」的效果，而沒有明顯的說教，或生硬的、直接的表達，使之念起來舒暢、聽起來悅耳，幼兒樂於念誦。此外，詩歌的呈現方式有創新的改變，其一，將詩中的名詞以圖象表現，使詩歌圖文並茂；其二，詩歌的排列打破傳統方式，採用不同形狀的曲線。如此使課文的畫面活潑生動而有趣，並增加了閱讀時的視覺動感。

(四) 啓發性：

啓發來自間接的「暗示作用」。教材中充滿了含蓄的意義，發人省思。此外，這些白話詩大多數是有很明顯的故事性。凡此均能使親師領會後引導幼兒創造延伸，並充分思維，透過團體互動，幼兒的思維、感受更加豐富而深入。教師可應用其他資源，如傳說、故事書、神話等加以延伸。此外，有啓發性的教材會引發多方面的活動，增加了教材的應用性。

(五) 統合性：

雖然母語教材以單一的形式呈現，但其內容有統合的功用。多數的詩文認知性很強，譬如教幼兒某些物件的名稱、功能等，但由於其間有比喻、擬人化，又有音韻，它就不只是認知性的了，它激發了幼兒的想像力，提供了創造的空間，並使幼兒感受到詩辭的優美，音韻的節奏感而有延伸的可能。詩文延伸成音、律活動、藝術性活動，而成爲統合性的教材。

㈥ 適用性：

1. 適用於多元的教學方式

   幼稚園教學種類並非統一的，從最傳統到最開放，有各家各派的教學法，所以在編排時要考慮到人人能用，並不專為某種教學法而設計。

2. 適用於較多年齡層

   本教材不爲公立幼稚園一個年齡層而設計，而考慮多年齡層，或分齡或混齡編班均可使用。所以編排不以年齡爲其順序。教材提供了選擇的可能性。較大年齡層要加強「應用」面，以發揮教材的深度和彈性，這便取決於教師的使用了。

3. 彈性與人性化，這是一套反映幼兒文化的教材，在時間與預算的許可下，內容應該繼續充實。這活頁的裝訂方式不但便於平日抽用，更便於日後的增編、修訂，發展空間無限。

4. 本書另附有(1)簡易羅馬拼音發音介紹及練習(2)羅馬音標及台灣河洛語音標對照表方便查考使用。

三、內容結構

　　全套共有二十六個主題（詳見目錄），分別由童詩作家，河洛語專家執筆，就各主題創作或收集民間童謠，彙集而成。這二十六個主題分爲五篇，依序由個人擴充到同儕及學校生活、家庭與日常生活、社區及多元文化，乃至於大自然與環境。每篇、每個主題及每首詩及所有配合的教學活動均爲獨立使用而設計的，不以難易的順序編排，每個主題包含數首童詩。

(一) 個人：以［乖囝仔］為主題包括——

    1. ［眞伶俐］（我是好寶寶）

    2. ［心肝仔］（身體）

    3. ［平安上歡喜］（安全）

    4. ［身軀愛淸氣］（衛生保健）

(二) 家庭與日常生活：以［阮兜］為主題包括——

    1. ［嬰仔搖］（甜蜜的家）

    2. ［媽媽披衫我幫忙］（衣服）

    3. ［枝仔冰］（家常食物）

    4. ［瓜子　果子］（常吃的蔬果）

    5. ［阿珠仔愛照鏡］（日用品）

    6. ［電腦及鳥鼠仔］（科技生活）

(三) 同儕與學校生活：以［好朋友］為主題包括——

    1. ［我有眞濟好朋友］（學校）

    2. ［辦公伙仔］（遊戲與健康）

    3. ［小蚼蟻會寫詩］（美感與創造）

    4. ［這隻兔仔］（數的認知）

    5. ［阿英彈鋼琴］（音感學習）

(四) 社區及多元文化：以［好厝邊］為主題包括——

    1. ［好厝邊］（社區）

    2. ［一路駛到台北市］（交通）

    3. ［廟前弄龍］（節日習俗）

    4. ［囝仔兄，坐牛車］（鄉土風情）

    5. ［咱是一家人］（不同的朋友）

(五) 大自然與環境：以［溪水會唱歌］為主題包括——

1. ［落大雨］（天氣）
2. ［寒天哪會即呢寒？］（季節）
3. ［火金姑］（小動物）
4. ［小雞公愛唱歌］（禽畜）
5. ［見笑草］（植物）
6. ［溪水會唱歌］（環境保育）

四、編輯形式

整套教材共分三部分：親師手冊（歡喜念歌詩第一至五冊）、輔助性教具ＣＤ片及詩歌讀本，未來要發展的錄影帶等。

每篇一冊共五冊，兼具親師教學及進修兩種功用。

1. 親師手冊內容分：學習重點、應用範圍、童詩本文及註解、配合活動（及其涉及的學習與發展和教學資源）、補充資料、及其他參考文獻。
2. 「學習重點」即一般之教學目標，本教材以「學習者」為中心，親師要從幼兒學習的角度去思考，故改為「學習重點」。由編輯教師撰寫。
3. 在「童詩註解」中附有注音，由童詩作家及河洛語專家撰寫。
4. 在「配合活動」中提出所需資源並詳述活動過程，使親師使用時能舉一反三。學習重點、應用範圍、及配合活動由教師撰寫。

5. 「相關學習」：是指一個活動所涉及的領域和發展兩方面，以
「學習」取代「領域」，是爲了使範圍更廣闊些，超越一般固
定的領域界線。

6. 「補充資料」：有較難的詩文、諺語、謎語、簡易對話、歌曲、
方言差異、異用漢字等，由童詩作家及河洛語專家提供。

五、撰寫方式

本教材所採用的詞語、發音等方面的撰寫，說明如下：

㈠ 使用語言

1. 本文（歌謠）部分採用河洛語漢字爲書面用語。
2. 親師手冊的說明，解釋部份均用國語書寫。另外補充參考資
料裏的生活會話、俗諺、謎語等仍以河洛語漢字書寫。

㈡ 注音方式

在河洛語漢字上，均加註河洛語羅馬音標，方便使用者能迅速，
正確閱讀，培養查閱工具書的能力。

㈢ 漢字選用標準

用字，以本字爲優先選用標準，如沒有確定之本字，則以兼顧現
代社會語言的觀點和實用性及國語的普及性、通用性爲主，兼顧
電腦的文書處理方式，來選擇適切用字。另外，具有相容或同類
之參考用字，於親師手冊補充資料中同時列舉出來，以供參考。

㈣ 方言差異

1. 方音差異：本書採用漳州音爲主之羅馬音標，但爲呈現歌謠之音韻美，有時漳州、泉州音或或其他方音也交替混合使用。

2. 語詞差異：同義不同說法之用語，在補充參考資料中，盡可能列舉出，俾便參考使用。

3. 外來用語：原則上以和國語相通之用語爲選用標準，並於註解中說明之。

六、應用原則

　　這是一套學習與補充教材。教師在使用本教材時，宜注意將河洛語的學習和幼兒其他學習活動互相結合，使幼兒學習更加有趣。因此河洛語不是獨立出來的一門學科。學習的過程建議如下：

㈠ 在情境中思維和感覺

　　語言不是反覆的朗誦和背記，與其他活動結合，使幼兒更能瞭解語言的情境脈絡。誠如道納生 (M. Donaldson) 所說，印地安人認爲「一個美國人今天射殺了六隻熊」這句話是不通順的，原因是這是不可能的事，這是美國人做不到的。因此，語言不再是單純的文法和結構問題，而是需要透過思維掌握情境脈絡，主動詮釋，所以語言需要主動的學習和建構。

　　建構的過程是帶有感性的。教師在使用圖卡時，可以邀請幼兒一起想一想這張圖、這首詩和自己的生活經驗有何關係？它使你想到了什麼？感覺如何？由此衍生出詩的韻律感、美感。

　　教師也可以和幼兒根據這些教材編故事，延續發展活動。

㈡ 團體互動中學習

團體可以幫助幼兒學習更為有效。幼兒透過和他人的互動會習得更豐富的語言,語言本來就在社會人群中學來的!語言學習要先了解情境意義以及說話者的意圖,在學校裡,語言可以經由討論和分享使語辭應用、詮釋更多樣、更廣泛,觀念、意義,經過互動而得以修正,使之更加明確和深入。母語歌謠經過感覺、經驗分享後,也因而產生更多的創造性活動,無論是語言的,或超出語言的!而這是要靠團體互動才容易激發出來的。

㈢ 協助營造學習母語的文化環境

這即是一套輔助教材,應用的方式自然是自由、開放的。

將配有錄音、錄影的教材設置成教室裡的學習區,提供幼兒個別或小組學習。在自由選區的學習時間,幼兒會按照自己的興趣前來學念母語兒歌或童詩,此時幼兒會自動相互教念,教師也要前來指導、協助。教師也在此時對個別需要的幼兒進行個別指導。除了念誦,隨著CD片之播放之外,教師可在教室內的美術區提供彩色筆和畫紙,使有興趣的幼兒使用,將閱讀區的經驗畫下來、或畫圖、或塗符號,自由發揮。目前我們不刻意教寫字或符號,更何況河洛語語音符號尚未統一。專家發現,現行的符號系統太複雜,對幼兒不易,因此在符號沒有達成共識之前,幼稚園仍保持在圖象階段,符號的學習採取開放式。幼兒閱讀的書籍以圖象為主,符號為輔;幼兒在自然的情形下學會符號的意義。圖象提供了線索,同時也提供了寬廣的想像空間。幼兒先學會念誦後,在CD片協助下聽音,隨時都可以自然的學習閱讀符號,而不是逐字逐音特定時間教授。其實這種方式才符合幼兒語言學習的原理。

因此藉本教材之助，幼稚園在營造一個母語的文化環境，不是在學校的一隅，而是在每間教室的角落裡，溶入了每天的生活中。我們不能依賴這套教材，教師還需要自行尋求資源，配合單元和主題的需要。教材之外，學校裡要開放母語的使用，在生活中允許幼兒使用自己的語言（在幼稚園裡多可使用方言），以及推行各種方式的母語時間，使母語的學習更爲生活化。

㈣ 教學活動由經驗開始，與教材連結

所有的教學活動都是以幼兒的經驗爲基礎，對母語而言，除了日常生活的會話之外，教學活動中會需要一些教材。因此教材內容也要選取與經驗相關的才是。

但是經驗涉及到直接經驗與間接經驗的問題，幼兒的學習是否一定要限定在直接經驗裡？學習透過直接的操作後，無法避免就會進入書本、各類傳媒，乃至於電腦的資源中，如果幼兒對某個主題有興趣做深入探索的話。如恐龍、沙漠、無尾熊等主題，雖然有些社會資源如博物館、動物園等可以參觀，但是幼兒仍然會超越這個層次，進入資料的探索。

當然了，對某些幼稚園而言，幼兒只停在看得見的社區類主題上，教師帶領也較方便，但對於有閱讀習慣的幼兒而言，一定會要求找資料。自從維高斯基（Vygotsky）提出語言與思維、語言與文化的重要性之後，後皮亞傑的學者們也紛紛提出閱讀的重要。當然，幼兒的閱讀並不是密密麻麻的文字！道納生(M.Donaldson)認爲口語語言不足以幫助兒童做深入的探索，她提出書本的好處：可以使人靜下來深思，可以帶著走，可以使人的思維不受現場的限制而提升思維層次等等，問題是，我們讓幼兒「脫離」現場經驗嗎？

在幼兒的生活及經驗分享中，幼兒的經驗早已超越了親身經驗，教師會發現媒體的比重是很大的！又如當幼兒談及某個主題時，有些幼兒會將看過的書告訴大家，知道的事比老師還多！時代在改變，「經驗」的定義還需要再界定。

因此幼兒學習母語雖從直接經驗開始，過程與直接經驗連結，但不限制在直接經驗裡。對書本類資源如此，對其內容而言也如此，與直接經驗相關，把較不普遍的經驗相關的內容，譬如「節日」、「鄉土風情」等，當作備索的資料，但不主動「灌輸」，只提供略帶挑戰性的方案主題作為探索素材。

七、使用方法

教材之使用固然取決於教師，教師可以發揮個人的創造性，但為了使教師瞭解本教材設計、創作的精神、建議使用方法如下：

1. 在每個主題的童詩中，基本上依難易程度抽取五至八首各代表不同年齡層的詩歌設計活動。五位作者所提供的詩歌多半適用於四歲以上幼兒，適用於四歲以下或六歲以上的較少。所以如果是混齡編班的園所，使用這套教材較為方便，稍難一些的詩歌，在較大幼兒的帶領下，較小幼兒也可以學會。至於四歲以下，甚至三歲以下的小小班，就不適用了，尤其是傳統民間的歌謠，平均較難。
2. 「學習重點」涵蓋知、情、意統整的學習。

其中：

(1)幼兒以河洛語念詩歌。

(2)幼兒喜歡用河洛語念詩歌和溝通。

(3)幼兒將河洛語詩歌中的語詞用於日常溝通。

(4)幼兒表現詩歌的韻律和動感。

此四項爲共同學習重點，在各別主題中不重述。「學習重點」以國語陳述，並且爲了留給教師較多空間因而不採用行爲目標的方式書寫。

3. 所設計之活動爲「配合活動」，亦即配合和輔助一單元或主題的活動。「配合活動」在念誦之前或之後進行，這一點在活動過程說明中不再複述。活動多爲念誦之外的其他發展性和應用性活動，如戲劇、繪畫、身體運動、音律、語文遊戲、創作等。

當然這並不表示活動、童詩不能單獨使用，譬如單獨的運動類、扮演類活動等，亦可成爲日常活動的一部分。而童詩本身在幼兒等待的時間、活動中的銜接時間等，也可以很自然的隨時教他們念誦。

此外，活動是建議性的，只要與原來的主活動能搭配得很自然，詩歌的念誦不一定要有一個活動來配合。

4. 配合活動要充分顯示全人教育、統整性的課程特性，所以每首詩配以一個領域的活動，以原來的主題活動爲中心，配合進去而發展出「統整性」的活動。此外，爲確保達成每一個「學習重點」並使活動設計多元而不致過多的同質性，因而將每一首詩設計成不同領域的活動。但基本上每一首詩都可發展爲語文活動，教師可在某一個領域活動後回歸到語文，譬如詞句的應用和創作活動，或將其他領域延伸成語文活動。

事實上，無論是那種領域，任何一個「配合」活動都至少涉及兩個以上的領域。亦即，無論以哪個領域爲引導，由於是「配合」的，所以加上原來的語文活動，「配合」活動的性質都是統合性的，教師必不會只專注於某個領域上。更何況事實上每個「配合」活動其本身都已涉及了多種領域了。

5. 配合活動之整體過程均儘量以河洛語進行。

6. 「配合活動」要能發揮詩歌的教育性功能，能延伸其含義及拓展學習的內容。譬如詩文中引用的地名、水果、物品，乃至於形容詞、動詞，均可視情況而更換，在活動中擴大幼兒的經驗。

7. 「補充資料」：簡易的對話、謎語是爲教師和幼兒預備的，教師選取簡易的用於幼兒。其他均是給教師的學習教材。

河洛語聲調及發音練習

河洛語八聲調

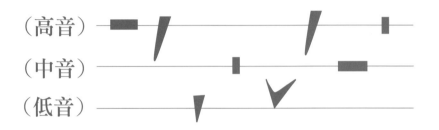

說明：河洛語第一聲，在高音線上，屬高平音，與國語第一聲類似。本書
的羅馬拼音不標符號。

例：獅（sai），風（hong），開（khui），飛（pe），中（tiong），眞（
chin），師（su），書（chu），千（chheng）。

河洛語第二聲，由高音起降到中音線上，不屬平音，與國語第四聲類
似。本書羅馬拼音符號由右上斜至左下方向。

例：虎（hó˙），飽（pá），馬（bé），走（cháu），你（lí），九（káu）
，海（hái），狗（káu），紙（choá）。

河洛語第三聲，在低音線位置，屬低下音，國語無類似音。本書羅馬
拼音符號由左上斜至右下方向。

例：豹（pà），氣（khì），四（sì），屁（phùi），臭（chhàu），哭（
khàu），愛（ài），布（pò˙），騙（phiàn）。

河洛語第五聲，在中低音間，聲往下降至低音再向上揚起，類似國語
第三聲，但揚起聲不需太高。本書羅馬拼音符號是倒V字。

例：熊（hîm），龍（lêng），球（kiû），茶（tê），頭（thâu），油（iû），年（nî），蟲（thâng），人（lâng）。

河洛語第六聲和第二聲音調相同，不需使用。

河洛語第七聲在中音線位置，屬中平音，國語無類似音。本書羅馬拼音符號是一橫線。

例：象（chhiūⁿ），飯（pn̄g），是（sī），大（toā），會（hōe），尿（jiō），萬（bān），重（tāng），路（lō·）。

河洛語第四聲，在中音線位置，屬短促音，即陰入聲，國語無類似音。本書羅馬拼音如有以h、p、t、k中任何一字做爲拼音的尾字，即爲第四聲。第四聲與第一聲相同不標示符號，區分在尾字是否代表短聲（入聲），否則爲第一聲。

例：鴨（ah），七（chhit），筆（pit），角（kak），節（cheh），八（pat），答（tap），汁（chiap），殼（khak）。

河洛語第八聲，在高音線位置，屬高短促音，即陽入聲，國語無類似音。與第四聲相同即字尾有以h、p、t、k者爲入聲字，第四聲、第八聲差異在於第四聲無標號，第八聲羅馬拼音以短直線標示於字母上頭。

例：鹿（lo̍k），拾（cha̍p），讀（tha̍k），力（la̍t），學（ha̍k），熱（joa̍h），白（pe̍h），日（ji̍t），賊（chha̍t）。

下面附上河洛語羅馬拼音、國語注音符號河洛語念法簡易對照表，請參考使用：

羅馬拼音： *1.* a   ha   sa   pha   tha   kha

注音符號： ㄚ   ㄏㄚ   ㄙㄚ   ㄆㄚ   ㄊㄚ   ㄎㄚ

2. ai   hai   sai   phai   thai   khai

ㄞ   ㄏㄞ   ㄙㄞ   ㄆㄞ   ㄊㄞ   ㄎㄞ

3. i   hi   si   phi   thi   khi

一   ㄏ一   ㄙ一   ㄆ一   ㄊ一   ㄎ一

4. au   hau   sau   phau   thau   khau

ㄠ   ㄏㄠ   ㄙㄠ   ㄆㄠ   ㄊㄠ   ㄎㄠ

5. u   hu   su   phu   thu   khu

ㄨ   ㄏㄨ   ㄙㄨ   ㄆㄨ   ㄊㄨ   ㄎㄨ

6. am   ham   sam   tham   kham

ㄚㄇ   ㄏㄚㄇ   ㄙㄚㄇ   ㄊㄚㄇ   ㄎㄚㄇ

an   han   san   phan   than   khan

ㄢ   ㄏㄢ   ㄙㄢ   ㄆㄢ   ㄊㄢ   ㄎㄢ

ang   hang   sang   thang   phang   khang

ㄤ   ㄏㄤ   ㄙㄤ   ㄊㄤ   ㄆㄤ   ㄎㄤ

7. ap   hap   sap   thap   khap

ㄚㄅ   ㄏㄚㄅ   ㄙㄚㄅ   ㄊㄚㄅ   ㄎㄚㄅ

at   hat   sat   phat   that   khat

ㄚㄌ   ㄏㄚㄌ   ㄙㄚㄌ   ㄆㄚㄌ   ㄊㄚㄌ   ㄎㄚㄌ

ak   hak   sak   phak   thak   khak

ㄚㄍ   ㄏㄚㄍ   ㄙㄚㄍ   ㄆㄚㄍ   ㄊㄚㄍ   ㄎㄚㄍ

ah   hah   sah   phah   thah   khah

ㄚㄏ   ㄏㄚㄏ   ㄙㄚㄏ   ㄆㄚㄏ   ㄊㄚㄏ   ㄎㄚㄏ

8. pa   pai   pi   pau   pu   pan   pang

ㄅㄚ   ㄅㄞ   ㄅ一   ㄅㄠ   ㄅㄨ   ㄅㄢ   ㄅㄤ

ta   tai   ti   tau   tu   tam   tan   tang

ㄌㄚ   ㄌㄞ   ㄌ一   ㄌㄠ   ㄌㄨ   ㄌㄚㄇ   ㄌㄢ   ㄌㄤ

ka   kai   ki   kau   ku   kam   kan   kang

ㄍㄚ   ㄍㄞ   ㄍ一   ㄍㄠ   ㄍㄨ   ㄍㄚㄇ   ㄍㄢ   ㄍㄤ

9. ia   hia   sia   khia   tia   kia

一Y   厂一Y   ㄙ一Y   丂一Y   ㄉ一Y   ㄍ一Y

iau   hiau   siau   khiau   tiau   kiau

一ㄠ   厂一ㄠ   ㄙ一ㄠ   丂一ㄠ   ㄉ一ㄠ   ㄍ一ㄠ

iu   hiu   siu   phiu   thiu   piu   tiu   kiu

一ㄨ   厂一ㄨ   ㄙ一ㄨ   ㄆ一ㄨ   ㄊ一ㄨ   ㄅ一ㄨ   ㄉ一ㄨ   ㄍ一ㄨ

iam   hiam   siam   thiam   khiam   tiam   kiam

一Yㄇ   厂一Yㄇ   ㄙ一Yㄇ   ㄊ一Yㄇ   丂一Yㄇ   ㄉ一Yㄇ   ㄍ一Yㄇ

iang   hiang   siang   phiang   thiang   piang   tiang

一ㄤ   厂一ㄤ   ㄙ一ㄤ   ㄆ一ㄤ   ㄊ一ㄤ   ㄅ一ㄤ   ㄉ一ㄤ

iah   hiah   siah   phiah   thiah   piah   kiah

一Y厂   厂一Y厂   ㄙ一Y厂   ㄆ一Y厂   ㄊ一Y厂   ㄅ一Y厂   ㄍ一Y厂

iak   hiak   siak   phiak   thiak   tiak   kiak

一Yㄍ   厂一Yㄍ   ㄙ一Yㄍ   ㄆ一Yㄍ   ㄊ一Yㄍ   ㄉ一Yㄍ   ㄍ一Yㄍ

iap   hiap   siap   thiap   tiap   kiap

一Yㄅ   厂一Yㄅ   ㄙ一Yㄅ   ㄊ一Yㄅ   ㄉ一Yㄅ   ㄍ一Yㄅ

10. la   lai   lau   lu   lam   lap   lat   lak

ㄌY   ㄌㄞ   ㄌㄠ   ㄌㄨ   ㄌYㄇ   ㄌYㄅ   ㄌYㄉ   ㄌYㄍ

oa   hoa   soa   phoa   thoa   koa   toa

ㄨY   厂ㄨY   ㄙㄨY   ㄆㄨY   ㄊㄨY   ㄍㄨY   ㄉㄨY

oai   hoai   soai   phoai   thoai   poai   koai

ㄨㄞ   厂ㄨㄞ   ㄙㄨㄞ   ㄆㄨㄞ   ㄊㄨㄞ   ㄅㄨㄞ   ㄍㄨㄞ

ui   hui   sui   phui   thui   kui   tui

ㄨ一   厂ㄨ一   ㄙㄨ一   ㄆㄨ一   ㄊㄨ一   ㄍㄨ一   ㄉㄨ一

oan   hoan   soan   khoan   poan   toan   koan

ㄨㄢ   厂ㄨㄢ   ㄙㄨㄢ   丂ㄨㄢ   ㄅㄨㄢ   ㄉㄨㄢ   ㄍㄨㄢ

oah   hoah   soah   phoah   koah   toah   poah

ㄨY厂   厂ㄨY厂   ㄙㄨY厂   ㄆㄨY厂   ㄍㄨY厂   ㄉㄨY厂   ㄅㄨY厂

oat   hoat   soat   phoat   thoat   koat   toat

ㄨYㄉ   厂ㄨYㄉ   ㄙㄨYㄉ   ㄆㄨYㄉ   ㄊㄨYㄉ   ㄍㄨYㄉ   ㄉㄨYㄉ

11. e   he   se   phe   oe   hoe   soe   phoe

ㄝ   厂ㄝ   ㄙㄝ   ㄆㄝ   ㄨㄝ   厂ㄨㄝ   ㄙㄨㄝ   ㄆㄨㄝ

o   ho   lo   so   io   hio   lio   sio

ㄛ   厂ㄛ   ㄌㄛ   ㄙㄛ   一ㄛ   厂一ㄛ   ㄌ一ㄛ   ㄙ一ㄛ

12.

chha	chhau	chhu	chham	chhap	chhi	chhia
ㄘㄚ	ㄘㄠ	ㄘㄨ	ㄘㄚㄇ	ㄘㄚㄅ	ㄑㄧ	ㄑㄧㄚ
cha	chau	chu	cham	chi	chia	chiau
ㄗㄚ	ㄗㄠ	ㄗㄨ	ㄗㄚㄇ	ㄐㄧ	ㄐㄧㄚ	ㄐㄧㄠ
je	ju	jui	joa	ji	jio	jiu
ㄖㄝ	ㄖㄨ	ㄖㄨㄧ	ㄖㄨㄚ	ㄖㄧ	ㄖㄧㄛ	ㄖㄧㄨ

13.

o·	ho·	lo·	so·	ong	hong	long	khong
ㄛ	ㄏㄛ	ㄌㄛ	ㄙㄛ	ㄨㄥ	ㄏㄨㄥ	ㄌㄨㄥ	ㄎㄨㄥ
ok	hok	sok	tok	iong	hiong	siong	tiong
ㄛㄍ	ㄏㄛㄍ	ㄙㄛㄍ	ㄉㄛㄍ	ㄧㄨㄥ	ㄏㄧㄨㄥ	ㄙㄧㄨㄥ	ㄉㄧㄨㄥ
iok	hiok	siok	liok	tiok	kiok		
ㄧㄛㄍ	ㄏㄧㄛㄍ	ㄙㄧㄛㄍ	ㄉㄧㄛㄍ	ㄉㄧㄛㄍ	ㄍㄧㄛㄍ		

14.

ba	bah	ban	bat	bi	be	bo
万ㄚ	万ㄚㄏ	万ㄢ	万ㄚㄉ	万ㄧ	万ㄝ	万ㄛ
gau	gi	goa	gu	gui	go·	gong
ㄫㄠ	ㄫㄧ	ㄫㄨㄚ	ㄫㄨ	ㄫㄨㄧ	ㄫㄛ	ㄫㄨㄥ

15.

im	sim	chim	kim	in	lin	pin	thin
ㄧㄇ	ㄙㄧㄇ	ㄐㄧㄇ	ㄍㄧㄇ	ㄧㄣ	ㄌㄧㄣ	ㄅㄧㄣ	ㄊㄧㄣ
ip	sip	khip	chip	it	sit	lit	pit
ㄧㄅ	ㄙㄧㄅ	ㄎㄧㄅ	ㄐㄧㄅ	ㄧㄉ	ㄙㄧㄉ	ㄌㄧㄉ	ㄅㄧㄉ
eng	teng	seng	peng	ek	tek	sek	kek
ㄧㄥ	ㄉㄧㄥ	ㄙㄧㄥ	ㄅㄧㄥ	ㄝㄍ	ㄉㄝㄍ	ㄙㄝㄍ	ㄍㄝㄍ
ian	sian	thian	khian	iat	siat	piat	thiat
ㄧㄢ	ㄙㄧㄢ	ㄊㄧㄢ	ㄎㄧㄢ	ㄧㄚㄉ	ㄙㄧㄚㄉ	ㄅㄧㄚㄉ	ㄊㄧㄚㄉ
un	hun	sun	tun	ut	hut	kut	chut
ㄨㄣ	ㄏㄨㄣ	ㄙㄨㄣ	ㄉㄨㄣ	ㄨㄉ	ㄏㄨㄉ	ㄍㄨㄉ	ㄗㄨㄉ

16.

a^n	sa^n	ta^n	ka^n	ti^n	chi^n	ia^n	iu^n
ㄚ°	ㄙㄚ°	ㄉㄚ°	ㄍㄚ°	ㄉㄧ°	ㄐㄧ°	ㄧㄚ°	ㄧㄨ°

17.

ma	mia	moa	mau	na	ni	nau	niau
ㄇㄚ	ㄇㄧㄚ	ㄇㄨㄚ	ㄇㄠ	ㄋㄚ	ㄋㄧ	ㄋㄠ	ㄋㄧㄠ
nga	ngi	nge	ngau	m	ng	sng	kng
ㄫ°ㄚ	ㄫ°ㄧ	ㄫ°ㄝ	ㄫ°ㄠ	ㄇ	ㄥ	ㄙㄥ	ㄍㄥ

河洛語羅馬字母及台灣語言音標對照表

聲母

河洛語羅馬字	p ph b m t th l n
台灣語言音標	p ph b m t th l n

河洛語羅馬字	k kh g ng h ch chh j s
台灣語言音標	k kh g ng h c ch j s

韻母

河洛語羅馬字	a ai au am an ang e eng i ia iau iam ian iang
台灣語言音標	a ai au am an ang e ing i ia iau iam ian iang

河洛語羅馬字	io iong iu im in o oe o͘ ong oa oai oan u ui un
台灣語言音標	io iong iu im in o ue oo ong ua uai uan u ui un

鼻音

河洛語羅馬字	a^n ai^n au^n e^n i^n ia^n iau^n
台灣語言音標	ann ainn aunn enn inn iann iaunn

河洛語羅馬字	iu^n $io^{\bullet n}$ $o^{\bullet n}$ oa^n oai^n ui^n
台灣語言音標	iunn ioonn oonn uann uainn uinn

入聲

河洛語羅馬字	ah auh eh ih iah iauh ioh iuh
台灣語言音標	ah auh eh ih iah iauh ioh iuh

河洛語羅馬字	oh oah oaih oeh uh uih
台灣語言音標	oh uah uaih ueh uh uih

河洛語羅馬字	ap ip op iap
台灣語言音標	ap ip op iap

河洛語羅馬字	at it iat oat ut
台灣語言音標	at it iat uat ut

河洛語羅馬字	ak iok iak ek ok
台灣語言音標	ak iok iak ik ok

聲調

調　　　　　類	陰平	陰上	陰去	陰入	陽平	陽去	陽入
調　　　　　名	一聲	二聲	三聲	四聲	五聲	七聲	八聲
河 洛 語 羅 馬 字	不標調	／	＼	不標調	∧	―	∣
台 灣 語 言 音 標	1	2	3	4	5	7	8

大家來讀河洛語

　　語言文字是民族文化的結晶，過去的文化靠著它來流傳，未來的文化仗著它來推進。人與人之間的意見和感情，也透過語言文字來溝通。

　　學習母語是對文化的深度探索，書中的童言童語，取材自鄉土文化，充分表現臺語文學的幽默、貼切和傳神，讓人倍感親切。其押韻及疊字之巧妙運用，不但呈現聲韻之美，也讓讀者易念易記，詩歌風格的課文，使讀者念起來舒暢，聽起來悅耳。

特色之一

　　生動有趣的課文，結合日常生活經驗，讓初學者能夠很快的琅琅上口，並且流暢的表達思想和情意，是語文教材編製的目標和理想。

特色之二

本書附有（1）河洛語聲調及發音練習【 河洛語羅馬拼音、國語注音符號河洛語念法簡易對照表 】（2）河洛語羅馬字母及台灣語言音標對照表，方便讀者查閱參考使用。

　　本書是一套學習與補充教材，策劃初期是為幼稚園老師所編著的，但由於內容兼具人文化、生活化、趣味化，同時富有啟發性及統合性，增廣本套書的適用性，無論是幼兒、學齡兒童、青少年或成人，只要是想多瞭解河洛語、學習正統河洛語的人，採用這套教材將是進修的最佳選擇！

主題五
嬰仔搖（甜蜜的家）

學習重點：

一、用河洛語稱呼家庭成員。

二、認識家庭中的成員。

三、培養對家人的感情。

壹、本文

一、阮 兜
Gún tau

雨　來　浡　浡　滴，
Hō͘　lâi　chhok̍　chhok̍　tih

阿　爸　出　門　做　穡　去，
a　pa　chhut　mn̂g　chò　sit　khì

阿　母　洗　衫　厝　內　披，
a　bú　sé　saⁿ　chhù　lāi　phi

阿　公　招　人　在　行　棋，
a　kong　chio　lâng　teh　kiâⁿ　kî

阿　媽　閒　閒　看　電　視，
a　má　êng　êng　khòaⁿ　tiān　sī

我　在　耍　水　眞　歡　喜。
góa　teh　sńg　chúi　chin　hoaⁿ　hí

（一）註解：（河洛語——國語）

1. 浡浡滴(chhok̍ chhok̍ tih) ——不停的滴水

2. 阿爸(a pa) ——爸爸

3. 做穡(chò sit) ——工作

4. 阿母(a bú) ——媽媽

5. 洗衫(sé saⁿ) ——洗衣服

6. 厝內(chhù lāi) ——屋子裏

7. 披 (phi) ——晾

8. 阿公 (a kong) ——祖父

9. 招人 (chio lâng) ——邀人

10. 行棋 (kiâⁿ kî) ——下棋

11. 阿媽 (a má) ——祖母

12. 耍水 (sńg chúi) ——玩水

13. 眞歡喜 (chin hoaⁿ hí) ——很高興

㈡應用範圍：

1. 五歲以上幼兒。

2. 有關家庭相關的主題或單元、活動。

3. 有關休閒生活的主題或單元、活動。

㈢配合活動：

1. 教師和幼兒一起談談每個人家中的成員（包括上代及旁系）。

2. 教師與幼兒分享家居生活經驗。

3. 教師請幼兒一一說一遍家人稱謂、以及包括本詩歌中的家庭活動，如：「披衫、洗衫」……等。

4. 幼兒根據分享經驗，每人說一組的家人及其相對應的活動，教師幫忙記下來。

5. 教師帶領幼兒逐句朗讀幼兒自己的組合句，如：「阿媽披衫，阿爸行棋，阿公看電視。」

6. 把幼兒組合的句子加入形容詞或副詞，如：「媽媽披衫眞艱

苦，阿公行棋眞歡喜……等。」
7. 用不同的節奏念誦「阮兜」及幼兒的組句。

___

㈣**教學資源**：
　白色海報紙（書寫幼兒組句）、節奏樂器、磁鐵板

___

㈤**相關學習**：
　語言溝通、社會情緒、節奏感

二、挨仔挨呼呼
E　á　e　hu　hu

挨 仔 挨 呼 呼，
E　á　e　hu　hu

刣 雞 請 阿 舅，
thâi　ke　chhiáⁿ　a　kū

阿 舅 食 無 了，
a　kū　chia̍h　bô　liáu

偆 一 枝 雞 脚 爪，
chhun　chi̍t　ki　ke　kha　jiáu

囝 仔 食 無 夠，
gín　á　chia̍h　bô　kàu

倒 蹛 後 尾 門 仔 咪 咩 哮。
tó　tòa　āu　bóe　mñg　á　mih　meh　háu

㈠註解：（河洛語──國語）

1. 挨仔挨呼呼(e á e hu hu)──挨礱（磨米）的聲音

2. 刣雞(thâi ke)──殺雞

3. 阿舅(a kū)──舅舅

4. 食無了(chia̍h bô liáu)──沒有吃完

5. 偆(chhun)──剩

6. 雞脚爪(ke kha jiáu)──雞爪

7. 囝仔(gín á)──小孩子

8. 食無夠(chia̍h bô kàu)──吃不夠

9. 倒蹄(tó tǒa) ——躺在

10. 後尾門(āu bóe mñg) ——後門

10. 咪咩哮(mih meh háu) ——放聲大哭

㈡應用範圍：

1. 四歲以上幼兒。

2. 有關家庭生活的主題。

3. 日常生活教育。

㈢配合活動：

1. 請幼兒用河洛語敘述家族成員之間的生活互動，欣賞有關大家庭活動、年節喜慶的家族活動畫冊、書籍等。

2. 教師教念兒歌「挨仔挨呼呼」，逐句問幼兒是什麼意思，請幼兒解說，並討論以前有那些情形需要「刣雞」，介紹自己的舅舅、阿姨、伯父等親屬。配合兒歌節奏拍打身體各部位。

   例如：「挨仔挨呼呼」——手拍肩膀，一字拍一下。

   「刣雞請阿舅」——手拍大腿，一字拍一下。

   「阿舅食無了」——拍手，一字拍一下。

   「偆一枝雞腳爪」——踏步，一字踏一下。

   「囝仔食無夠」——手拍肚子，一字拍一下。

   「倒蹄後尾門仔咪咩哮」——聳肩，一字聳一下。

   備註：老師可自行變換動作和節奏。

3. 幼兒分成三組，邊念兒歌邊用身體打節奏。

4. 師生共同用接龍的方式，配合兒歌自創動作。

5. 討論與澄清：請幼兒想想為什麼「囝仔食無夠」？平日有沒有這種經驗？當客人的時候，看到好吃的菜是否應該完全吃光？

㈣教學資源：

相關畫冊、影帶、書籍

㈤相關學習：

節奏感、身體感覺、語言溝通、認知

三、搖 啊 搖
Iô a iô

搖 啊 搖， 阿 媽 鬥 挽 茄，
Iô a iô a má tàu bán kiô

挽 偌 濟， 挽 一 布 袋，
bán lōa chē bán chi̍t pò tē

也 欲 食， 也 欲 賣，
iā beh chia̍h iā beh bē

阿 公 仔 講 欲 焜，
a kong á kóng beh kûn

焜 爛 爛， 一 人 分 一 半，
kûn nōa nōa chi̍t lâng pun chi̍t pòaⁿ

滇 滿 滿， 一 人 食 一 碗。
tīⁿ móa móa chi̍t lâng chia̍h chi̍t oáⁿ

(一)註解：（河洛語──國語）

1. 阿媽(a má) ──祖母

2. 鬥(tàu) ──幫忙

3. 挽(bán) ──摘

4. 偌濟(lōa chē) ──多少

5. 欲食(beh chia̍h) ──要吃

6. 焜(kûn) ──煮

7. 滇滿滿(tīⁿ móa móa) ──滿滿的

㈡**應用範圍：**

1. 四歲以上幼兒。
2. 有關家庭的主題或單元、方案。
3. 有關食物的主題或單元、方案。

㈢**配合活動：**

1. 在相關的主題或單元探索過後，幼兒分別介紹自己的「阿公」「阿媽」。另外在教室的一角放置一些果菜。
2. 教師教念兒歌「搖啊搖」。
3. 師生共同運用各種美術素材製作各種果菜（或將小球包裝成番茄），完成後放在一個容器（木箱、紙箱……等）中。
4. 幼兒分成兩組，「阿媽組」及「阿公組」，每位幼兒發給一個夾子或盤子……。
5. 遊戲開始時，每組的第一位幼兒要跑到前方，放果菜的容器邊，拿一個番茄放進盤子裡或用夾子夾著，回到原點後，傳給下一位幼兒，（不可以用手拿，東西不能掉落），遊戲依此方式進行。
6. 在一定時間內完成運送者為優勝。教師宣布「阿媽組」或「阿公組」獲勝。
7. 師生共同念兒歌「搖啊搖」。

㈣教學資源：

各種美術素材、箱子、網子（盤子、夾子）、小球

㈤相關學習：

大肌肉運動、社會情緒、語言溝通

四、爸爸眞辛苦
Pa pa chin sin khó·

爸　爸　眞　辛　苦
Pa　pa　chin　sin　khó·

透　早　出　門　到　天　烏
thàu　chá　chhut　mn̂g　kàu　thiⁿ　o·

流　汗　流　甲　若　落　雨
lâu　kōaⁿ　lâu　kah　ná　lȯh　hō·

逐　日　逐　日
tȧk　jit　tȧk　jit

親　像　蚼　蟻
chhin　chhiūⁿ　káu　hiā

無　閒　歸　半　晡
bô　êng　kui　pòaⁿ　po·

(一)註解：（河洛語——國語）

1. 透早(thàu chá) ——一大早

2. 天烏(thiⁿ o·) ——天黑

3. 流甲(lâu kah) ——流得

4. 若(ná) ——像

5. 落雨(lȯh hō·) ——下雨

6. 逐日(tȧk jit) ——每天

7. 親像(chhin chhiūⁿ) ——好像

8. 蚼蟻(káu hiā) ——螞蟻

9. 無閒(bô êng) ——忙

10. 歸半晡(kui pòaⁿ poˑ) ——老半天

㈡應用範圍：

1. 五歲以上幼兒。

2. 適用於父親節的活動。

3. 有關家庭的主題或單元、方案。

㈢配合活動：

1. 在相關的主題活動中，幼兒分別介紹自己的爸爸，老師講述
   「我的爸爸不上班」的故事。

2. 幼兒帶爸爸工作的照片來介紹爸爸的工作及所用的道具。

3. 教師請幼兒歸納出班上爸爸的工作有那幾類，並請幼兒帶來
   爸爸工作使用的東西，如公事包、帽子等。

4. 教師說明要玩一個遊戲，先做準備工作：將工作分為四類，請
   幼兒畫成四張大圖卡（厚紙板）。

5. 準備一個大紙箱，請幼兒將之裝飾成爸爸的工作道具箱。

6. 準備四個小紙箱或籃子，分別放在四張圖卡前。

7. 遊戲方式如下：
   幼兒以快速表演使用道具或穿工作服，教師以秒鐘計時。用完
   放進圖卡前的紙箱裡，工作服及道具要配合圖卡。

8. 討論分享：使用工具時或穿工作服時的緊張情緒。體會爸爸
   的感受。

9. 教師念「真辛苦」的兒歌。

㈣教學資源：

1. 「我的爸爸不上班」故事書——上誼出版。
2. 爸爸工作時的照片。
3. 相關職業的道具、服裝四類。
4. 大舊紙箱一個、小舊紙箱四個。

㈤相關學習：

身體與情緒、語言溝通、社會情緒、創造、認知

五、五個阿兄
Gō͘ ê a hiaⁿ

大 兄 會 曉 拍 電 腦，
Tōa hiaⁿ ē hiáu phah tiān náu

二 兄 會 曉 拋 輪 斗，
jī hiaⁿ ē hiáu pha lìn táu

三 兄 會 曉 飼 粉 鳥，
saⁿ hiaⁿ ē hiáu chhī hún chiáu

四 兄 會 曉 包 水 餃，
sì hiaⁿ ē hiáu pau chúi kiáu

五 兄 頭 殼 上 界 巧，
gō͘ hiaⁿ thâu khak siōng kài khiáu

才 學 一 工 就 攏 會 曉。
chiah ò͘h chi̍t kang chiū lóng ē hiáu

㈠註解：（河洛語——國語）

1. 會曉(ē hiáu) ——會
2. 拍(phah) ——打
3. 拋輪斗(pha lìn táu) ——翻跟斗
4. 飼粉鳥(chhī hún chiáu) ——養鴿子
5. 頭殼(thâu khak) ——頭腦
6. 上界巧(siōng kài khiáu) ——最聰明
7. 一工(chi̍t kang) ——一日

㈡應用範圍：

1. 四歲以上幼兒。
2. 有關家庭的單元或方案。
3. 有關自我觀念的活動。

㈢配合活動：

1. 幼兒談談家人、兄弟姊妹、父母、祖父母及自己有那些特別會做的事。
2. 教師和幼兒念誦本歌謠，介紹文中這家人會做些什麼事。
3. 將家人稱謂或名字代替文中「大兄、二兄」但仍依長幼順序排列，並以家人擅長之事取代文中「拍電腦、飼粉鳥……」為自己的家人編出一首兒歌。
4. 畫出家人日常生活、工作的畫面。

㈣教學資源：

每人一張圖畫紙及彩色筆或顏料等

㈤相關學習：

自我觀念、創造、社會情緒、語言溝通

六、大 姑　二 姑
Tōa　ko·　jī　ko·

大　姑、二　姑
Tōa　ko·　jī　ko·

一　個　蹛　五　分　埔，
chit　ê　tòa　Gō· hun　po·

一　個　蹛　三　重　埔。
chit　ê　tòa　Saⁿ têng　po·

大　姑　愛　食　豬　脚　箍，
Tōa　ko·　ài　chiah　ti　kha　kho·

二　姑　愛　食　鹹　菜　脯。
jī　ko·　ài　chiah　kiâm chhài　pó·

大　姑　食　甲　大　大　箍，
Tōa　ko·　chiah　kah　tōa　tōa　kho·

二　姑　食　甲　親　像　排　骨　酥。
jī　ko·　chiah　kah　chhin chhiūⁿ　pâi　kut　so·

(一)註解：（河洛語——國語）

1. 蹛(tòa) ——住

2. 五分埔(Gō· hun po·) ——台北市地名

3. 三重埔(Saⁿ têng po·) ——台北縣地名

4. 愛(ài) ——喜歡

5. 食(chiah) ——吃

6. 豬脚箍(ti kha kho·) ——豬腳塊

7. 菜脯(chhài pó·) ——蘿蔔乾

8. 食甲(chiah kah) ──吃得

9. 大大箍(tōa tōa kho·) ──很胖的意思

10. 親像(chhin chhiūn) ──好像

㈡應用範圍：

1. 五歲以上幼兒。

2. 關於家族或家庭的方案、單元活動。

3. 有關健康的主題。

㈢配合活動：

1. 和幼兒分享家中慶生活動及每個人生日的情形。

2. 假設阿公的生日，會有那些人參加？爲何慶祝？

3. 師生共同進行角色扮演──「阿公過生日」。

4. 分配活動中的角色（爸爸、媽媽、大姑、二姑、大伯……），並計劃慶生會內容。

5. 師生共同用河洛語念兒歌「大姑、二姑……」及將其他親戚加入。

㈣教學資源：

1. 大綱：「阿公」七十歲生日，全家同來爲「阿公」祝壽，家中準備豐盛菜餚，大魚、大肉、豬腳，內容配合兒歌帶入故事中

（故事請自編）。

2. 裝扮服裝之材料。

㈤**相關學習**：

　　社會情緒、創造、認知、語言溝通

七、眞無閒
Chin　bô　êng

蜜　蜂　眞　無　閒，
Bit　phang　chin　bô　êng

逐　工　採　蜜　無　時　停。
tak　kang　chhái　bit　bô　sî　thêng

膨　鼠　眞　無　閒，
Phòng　chhí　chin　bô　êng

愛　去　採　果　欲　過　冬。
ài　khì　chhái　kó　beh　kòe　tang

媽　媽　眞　無　閒，
Ma　ma　chin　bô　êng

上　班　做　穡　眞　艱　苦。
siōng　pan　chò　sit　chin　kan　khó·

我　嘛　眞　無　閒，
Góa　mā　chin　bô　êng

唱　歌　迌　迌　無　時　定。
chhiùⁿ　koa　chhit　thô　bô　sî　tēng

(一)註解：（河洛語──國語）

1. 眞無閒(chin bô êng)──很忙碌
2. 逐工(tak kang)──每天
3. 無時停(bô sî thêng)──沒停下來的時候
4. 膨鼠(phòng chhí)──松鼠
5. 欲(beh)──要

6. 做穡 (chò sit) ——工作
7. 眞艱苦 (chin kan khó·) ——很辛苦
8. 嘛 (mā) ——也
9. 迌迌 (chhit thô) ——遊玩
10. 無時定 (bô sî tēng) ——没靜下來的時候

㈡應用範圍：

1. 四歲以上幼兒。
2. 有關母親節的主題或活動。

㈢配合活動：

1. 教師自製小圖卡如洗衣、洗碗、拖地，放入神秘紙箱內。
2. 幼兒從神秘箱內抽取 1 張圖卡並模仿圖片中的動作，讓小朋友猜圖中的意思。
3. 幼兒一起模仿圖中的動作。
4. 討論分享各圖卡中所示與生活的關係，瞭解母親的辛苦。
5. 教師敎念「眞無閒」兒歌。
6. 幼兒自製感謝卡或母親卡送給媽媽，並用河洛語說一句感謝的話。

㈣敎學資源：

表情卡、神秘袋、製作卡片材料

㈤**相關學習**：
　　感覺、情緒、認知、語言溝通、社會情緒、創造

貳、親子篇

嬰　仔　搖
Eⁿ　á　iô

嬰　仔　搖，　跳　過　橋，
Eⁿ　á　iô　thiàu　kòe　kiô

嬰　仔　睏，　一　暝　大　一　寸，
eⁿ　á　khùn　chi̍t　mê　tōa　chi̍t　chhùn

嬰　仔　惜，　一　暝　大　一　尺。
eⁿ　á　sioh　chi̍t　mê　tōa　chi̍t　chhioh

㈠註解：（河洛語──國語）

1. 嬰仔(eⁿ á) ──小嬰兒
2. 睏(khùn) ──睡
3. 一暝(chi̍t mê) ──一夜
4. 大(tōa) ──長大
5. 惜(sioh) ──疼惜

㈡活動過程：

1. 父母在幼兒就寢前或休閒時，將幼兒抱在懷中輕搖或躺在一起，用手輕拍幼兒。

2. 口中念著本歌謠，幼兒也跟著念。

3. 聲音可以越念越低，直到幼兒睡著。

叄、補充參考資料

一、生活會話

按怎叫

老師：小文，老師問你，爸爸的爸爸按怎叫？

小文：叫阿公。

老師：爸爸的媽媽按怎叫？

小文：叫阿媽。

老師：你是阿公、阿媽的什麼人？

小文：我是個的乖孫仔。

老師：小文，你真勢，老師閣問你，恁兜有什麼人？

小文：有阿公、阿媽、爸爸、媽媽、一個阿兄、一個阿姊、一個
小妹，閣有阿福。

老師：阿福是什麼人？

小文：伊是一隻狗仔，嘻嘻嘻……

Àn chóaⁿ kiò

Lāu su：Sió bûn，lāu sū mn̄g lí，pa pa ê pa pa àn chóaⁿ
kiò？

Sió bûn：Kiò a kong。

Lāu su：Pa pa ê ma ma àn chóaⁿ kiò？

Sió bûn： Kiò a má。

Lāu su：Lí sī a kong a má ê sím mih lâng？

Sió bûn：Góa sī in ê koai sun á。

Lāu su：Sió bûn，lí chin gâu，lāu su koh mn̄g lí，lín tau
ū sím mih lâng？

Sió bûn：Ū a kong、a má、pa pa 、ma ma，chit ê a hiaⁿ，
chit ê a ché、chit ê sió mōe，koh ū a hok。

Lāu su： A hok sī sím mih lâng？

Sió bûn： I sī chit chiah káu á，hi hi hi……

二、參考語詞：（國語──河洛語）

1. 祖先──祖公(chó͘ kong)

2. 曾祖父──阿祖(a chó͘)

3. 曾祖母──阿祖(a chó͘)

4. 祖父──阿公(a kong)

5. 祖母──阿媽(a má)

6. 父親──阿爸(a pa)

7. 母親──阿母(a bú)

8. 舅公──舅公(爸爸媽媽的舅舅) (kū kong)

9. 舅婆──妗婆(舅公的太太) (kīm pô)

10. 姑婆──姑婆(爸爸媽媽的姑姑) (ko͘ pô)

11. 姑丈公──姑丈公(姑婆的丈夫) (ko͘ tiūⁿ kong)

12. 姨婆──姨婆(爸爸媽媽的姨媽) (î pô)

13. 姨丈公──姨丈公(姨婆的丈夫) (î tiūⁿ kong)

14. 伯公──伯公(爸爸媽媽的伯父) (peh kong)

15. 叔公──叔公(爸爸媽媽的叔叔) (chek kong)

16. 嬸婆──嬸婆(叔公的太太) (chím pô)

17. 伯父──阿伯(爸爸的哥哥) (a peh)

18. 伯母──阿姆(伯父的太太) (a ḿ)

19. 叔叔──阿叔(爸爸的弟弟) (a chek)

20. 嬸嬸──阿嬸(叔叔的太太) (a chím)

21. 姑姑──阿姑(爸爸的姊妹) (a ko˙)

22. 姑丈──姑丈(姑姑的丈夫) (ko˙ tiūⁿ)

23. 哥哥──阿兄 (a hiaⁿ)

24. 姊姊──阿姊 (a ché)

25. 弟弟──小弟 (sió tī)

26. 妹妹──小妹 (sió mōe; sió bē)

27. 嫂嫂──阿嫂(哥哥的太太) (a só)

28. 弟媳婦──妗仔(弟弟的太太) (kīm á)

29. 姊夫──姊夫 (ché hu)

30. 妹夫──妹婿 (mōe sài; bē sài)

31. 妯娌──同姒仔(丈夫兄弟的太太) (tâng sāi á)

32. 兒子──囝;後生 (kiáⁿ;hāu seⁿ)

33. 女兒──查某囝 (cha bó˙ kiáⁿ)

34. 侄子──侄仔 (tit á)

35. 姪女──侄仔 (tit á)

36. 堂兄──叔伯阿兄 (chek peh a hiaⁿ)

37. 堂弟──叔伯小弟 (chek peh sió tī)

38. 堂姊──叔伯阿姊 (chek peh a ché)

39. 堂妹──叔伯小妹 (chek peh sió mōe)

40. 外公──阿公;外公 (a kong;gōa kong)

41. 外婆──阿媽；外媽(a má；gōa má)

42. 舅舅──阿舅(媽媽的兄弟)(a kū)

43. 舅媽──阿妗(舅舅的太太)(a kīm)

44. 姨媽──阿姨(媽媽的姊妹)(a î)

45. 姨父──姨丈(姨媽的丈夫)(î tiūⁿ)

46. 表兄──表兄(piáu hiaⁿ)

47. 表姊──表姊(piáu ché)

48. 表弟──表小弟(piáu sió tī)

49. 表妹──表小妹(piáu sió mōe)

50. 老人家──老大人(lāu tōa lâng)

51. 小孩子（小朋友）──囝仔兄(gín á hiaⁿ)

52. 長輩（父母）──序大人(sī tōa lâng)

53. 晚輩（兒女）──序細(sī sè)

54. 岳父──丈人(tiūⁿ lâng)

55. 岳母──丈姆(tiūⁿ ḿ)

56. 子女──囝兒(kiáⁿ jî)

57. 嬰兒──嬰仔(eⁿ á)

58. 親家──親家(chhin ke)

59. 親家母──親姆(chhin ḿ)

60. 娘家──外家(gōa ke)

61. 公婆──大家大官(ta ke ta koaⁿ)

62. 親戚──親成(chhin chiâⁿ)

63. 連襟──同門；大細仙(tâng mn̂g; tōa sè sian)

64. 孫子──孫仔(sun á)

65. 外甥──外甥仔(gōe seng á)

66. 外甥女──查某孫仔(cha bó͘ sun á)

67. 媳婦——新婦(sin pū)

68. 女婿——囝婿(kiáⁿ sài)

69. 丈夫——翁(ang)

70. 太太——某(bó͘)

71. 夫妻——翁仔某(ang á bó͘)

72. 父子——爸仔囝(pē á kiáⁿ)

73. 母子——母仔囝(bú á kiáⁿ)

74. 么兒——屘囝(ban kiáⁿ)

75. 養女——新婦仔(sin pū á)

76. 大姑——大姑(丈夫的姊姊)(tōa ko͘)

77. 小姑——小姑（丈夫的妹妹）(sió ko͘)

78. 小叔——小叔(丈夫的弟弟)(sió chek)

79. 小嬸——小嬸(小叔的太太)(sió chím)

三、謎語：

1. 兩兄弟仔，平高平大，日時分開，暝時相倚。

   Nn̄g hiaⁿ tī á, pêⁿ koân pêⁿ tōa, ji̍t sî hun khui, mê sî sio oá。

   （猜建築部分）

   答：門

2. 兩姊妹仔，平高平大，一人佇內，一人佇外。

   Nn̄g chí mōe á, pêⁿ koân pêⁿ tōa, chi̍t lâng tī lāi, chi̍t lâng tī gōa。

（猜家用品）

答：鏡（鏡子）

3. 貓大姑，婿新婦，躼腳姊夫，紅面大舅。

Niau tōa ko͘, súi sin pū, lò kha chí hu, âng bīn tōa kū。

（猜四種蔬菜）

答：苦瓜、匏仔（瓠瓜）、菜瓜（絲瓜）、柑仔蜜／臭柿仔（番茄）

四、俗諺：

1. 天頂天公，地下母舅公。

Thiⁿ téng thiⁿ kong, tē hā bú kū kong。

（母舅地位最重要。）

2. 賣後生，招囝婿。

Bē hāu seⁿ, chio kiáⁿ sài。

（做事本末倒置。）

3. 草地親家坐大位。

Chháu tē chhin ke chē tōa ūi。

（人俗，禮卻不能免。）

4. 隔壁親家，禮數原在。

Keh piah chhin ke, lé sò͘ goân chāi。

（雖是近鄰又是親家，禮俗卻不可省略。）

5. 拍虎掠賊，也著親兄弟。

   Phah hó͘ liah chhat, iā tioh chhin hiaⁿ tī。

   （遇有困難，骨肉至親還是最可靠。）

6. 翁某若同心，烏土變做金。

   Ang bó͘ nā tâng sim, o͘ thô͘ piàn chò kim。

   （夫妻如果同心協力，無事不可成。）

7. 爸母疼細囝，公媽疼大孫。

   Pē bú thiàⁿ sè kiáⁿ, kong má thiàⁿ tōa sun。

   （父母都疼愛幼兒，公婆都疼愛大孫子。）

8. 爸母著有孝，兄弟著和好。

   Pē bú tioh iú hàu, hiaⁿ tī tioh hô hó。

   （對父母要孝順，對兄弟要和好。）

9. 家和萬事興，家亂萬世窮。

   Ka hô bān sū heng, ka loān bān sì kêng。

   （家庭和樂萬事興旺，家庭紛亂一輩子窮困。）

10. 在家日日好，出外條條難。

    Chāi ka jit jit hó, chhut gōa tiâu tiâu lân。

    （出外比不上在家的安樂。）

11. 盛豬夯灶，盛囝不孝。

    Sēng ti giâ cháu, sēng kiáⁿ put hàu。

    （孩子溺愛不得，否則會變成不孝。）

12. 囝婿，半囝。

　　Kiáⁿ sài, pòaⁿ kiáⁿ。

　　（女婿，一半像是自己的兒子。）

五、方言差異：

㈠方音差異

1. 雞　ke/koe
2. 後尾門　āu bóe mng/āu bé mng
3. 偌濟　lōa chē/lōa chōe/jōa che/jōa chōe
4. 賣　bē/bōe
5. 膨鼠　phòng chhí/phòng chhú
6. 洗衫　sé saⁿ/sóe saⁿ
7. 迌迌　chhit thô/thit thô
8. 會曉　ē hiáu/ōe hiáu
9. 嬰仔　eⁿ á /iⁿ á
10. 暝　mê/mî
11. 做　chò/chòe
12. 輪　lìn/liàn

㈡語詞差異：

1. 後尾門　āu bóe mng/後壁門　āu piah mng
2. 偌濟　lōa chē/外濟　gōa chē
3. 逐日　ta̍k ji̍t/逐工　ta̍k kang

六、異用漢字：

1. （sńg） 耍／俹
2. （teh） 在／塊／咧
3. （chhun） 偆／剩／伸
4. （gín á） 囝仔／囡仔
5. （gōa chē） 偌濟／偌儕／外儕
6. （phah） 拍／扑／打
7. （siōng kài khiáu） 上界巧／尚介巧
8. （chhit thô） 迌迌／佚陶／彳亍
9. （chhù） 厝／茨
10. （tàu） 鬥／逗
11. （beh） 欲／卜／要／懱

主題六
媽媽披衫我幫忙（衣服）

學習重點：

一、用河洛語稱呼平時所穿衣物。

二、了解、形容衣物的相關河洛語形容詞。

三、體會洗衣、曬衣、穿衣的樂趣。

四、了解衣服的類別和使用。

壹、本文

一、配衫褲
Phòe saⁿ khò·

長褲、短褲、運動褲，
Tn̂g khò· té khò· ūn tōng khò·

長衫、短衫、泅水衫，
tn̂g saⁿ té saⁿ siû chúi saⁿ

長䘼、短䘼、無手䘼，
tn̂g ńg té ńg bô chhiú ńg

長裙、短裙、百襉裙，
tn̂g kûn té kûn pah kéng kûn

唉！到底穿啥去看船？
ai tàu té chhēng siáⁿ khì khòaⁿ chûn

(一)註解：（河洛語──國語）

1. 配衫褲(phòe saⁿ khò·) ──搭配衣服

2. 衫(saⁿ) ──衣服

3. 泅水(siû chúi) ──游泳

4. 無(bô) ──沒有

5. 手䘼(chhiú ńg) ──袖子

6. 百襉裙(pah kéng kûn) ──百褶裙

7. 穿啥(chhēng siáⁿ) ──穿什麼

㈡應用範圍：

1. 四歲以上幼兒。
2. 有關季節性服裝的主題。

㈢配合活動：

1. 以故事描述穿衣服的情境（隨機閃示圖卡，並以河洛語說明）。
2. 提出故事中的情節，請幼兒玩「穿穿看」——
   情境假設：(1)時令
   　　　　　(2)場合
   　　　　　(3)從事的工作（職業）

   教師呈現三類圖片，或口頭描述，請幼兒穿穿看且分別依(1)(2)(3)情境提供各種衣物或紙衣服，教師念出情境，幼兒迅速找出相關對應的衣物穿上，如，教師說：「下雨了」，「冬天來了」「我要去游泳」，「我要去修理汽車」等等，幼兒配合做出反應。
3. 與幼兒討論如何配合季節場合選擇穿衣服，教幼兒念「配衫褲」。
4. 討論分享如何搭配衣服。
5. 幼兒自行設計衣物，並用河洛語介紹自己的服裝。

㈣**教學資源：**
　　各類衣物、紙衣服、各式紙張或其他材質、圖卡

㈤**相關學習：**
　　語言溝通、創造、欣賞

二、泅水衫
Siû chúi saⁿ

我 穿 泅 水 衫
Góa chhēng siû chúi saⁿ

媠 若 美 人 魚
súi ná bí jîn hî

浸 佇 游 泳 池
chìm tī iû éng tî

人 是 泅 若 魚
lâng sī siû ná hî

我 是 行 四 圍
góa sī kiâⁿ sì ûi

㈠註解：（河洛語──國語）

1. 衫(saⁿ)──衣服

2. 泅水(siû chúi)──游泳

3. 媠(súi)──漂亮

4. 泅若魚(siû ná hî)──好像魚兒自在游

5. 行四圍(kiâⁿ sì ûi)──沿著池邊走著

㈡應用範圍：

1. 四歲以上幼兒。

2. 有關游泳、夏日休閒的主題。

㈢配合活動：

1. 教師與幼兒分享游泳的經驗及需準備之裝備。

2. 幼兒發表已學會或知道之游泳姿勢。

3. 教師協助整理⑵之答案為一短語。

   狗爬式──「親像狗汹水」

   蛙式──「親像水雞汹水」……。教師教幼兒念「汹水衫」。

4. 教師帶領幼兒將活動場改為游泳池，邊練習、模擬各項游泳姿勢，並以河洛語說明或下指令。若有方便的游泳池則帶幼兒去游泳。

5. 利用「魚兒水中游」的歌曲，套入各種不同的姿勢，幼兒邊唱，邊在教室想像游泳。

6. 教師可隨意變換節奏或音樂。

㈣教學資源：

寬敞的活動場所或小型游泳池、錄音機、樂曲、各項相關裝備

㈤相關學習：

創造表現、認知、大肌肉運動

三、洗衫
Sé　san

洗　啊　洗　、
Sé　a　sé

攄　啊　攄　、
lù　a　lù

挼　啊　挼　、
nóa　a　nóa

汰　啊　汰　，
thōa　a　thōa

是　啥　人　洗　衫　即　辛　苦？
sī　sián　lâng　sé　san　chiah　sin　khó·

(一)註解：（河洛語——國語）

1. 衫(san) ——衣服

2. 攄(lù) ——用力搓

3. 挼(nóa) ——揉

4. 汰(thōa) ——在水中清洗

5. 啥人(sián lâng) ——什麼人

6. 即(chiah) ——這麼

(二)應用範圍：

1. 四歲以上幼兒。

2. 有關個人衛生習慣的主題。

3. 有關做家事的主題。

㈢配合活動：

1. 教師帶領幼兒討論衣服髒的時候應如何？分享家中洗衣服的情形。

2. 教師請幼兒選擇自己想扮演的衣服，並以河洛語大聲說出衣服的名稱。

3. 教師與幼兒共同分解洗衣動作，依指令進行：
   「洗啊洗→攄啊攄→捆啊捆→汰啊汰 。

4. 可由個人動作，再幾人一小組動作，再大團體共同動作。

5. 點到衣服的幼兒，做出「丟入」跳入洗衣機的動作。

6. 教師以口頭指令→電源→放水→按洗衣鍵。

7. 教師可改變水流速度，衣服數量。
   註：衣服數量不同，幼兒相互動作會有改變。

㈣教學資源：

寬闊的活動場地、節奏樂器、字詞卡或圖卡

㈤相關學習：

律動、身體與感覺、語言溝通、社會情緒

四、披衫
Phi saⁿ

媽 媽 披 衫 我 幫 忙
Ma ma phi saⁿ góa pang bâng

你 挓 衫 我 捾 桶
lí thèh saⁿ góa kōaⁿ tháng

日 頭 公
jit thâu kong

風 婆 婆
hong pô pô

請 恁 嘛 來 鬥 相 共
chhiáⁿ lín mā lâi tàu saⁿ kāng

趕 緊 來 鬥 相 共
kóaⁿ kín lâi tàu saⁿ kāng

吹 啊 吹
chhoe a chhoe

曝 啊 曝
phàk a phàk

衫 仔 褲 鬆 閣 芳
saⁿ á khò͘ sang koh phang

衫 仔 褲 鬆 閣 芳
saⁿ á khò͘ sang koh phang

(一)註解：（河洛語──國語）

1. 披衫(phi saⁿ) ── 晾衣服

2. 挓衫(thėh saⁿ) ——拿衣服

3. 捾桶(kōaⁿ tháng) ——提桶子

4. 日頭公(jit thâu kong) ——太陽公公

5. 恁(lín) ——你們

6. 嘛(mā) ——也

7. 鬥相共(tàu saⁿ kāng) ——幫忙

8. 曝(phak) ——晒

9. 衫仔褲(saⁿ á khò·) ——衣褲

10. 鬆閣芳(sang koh phang) ——鬆軟又清香

㈡應用範圍：

1. 四歲以上幼兒。

2. 有關做家事相關的主題。

㈢配合活動：

1. 教師及幼兒共同討論濕的衣服怎麼變成乾的。

2. 由答案中帶出風、太陽的主題。

3. 請幼兒選擇扮演的角色：

   媽媽、小孩（我）、衣服、風、衣服、褲，請幼兒製作各種角色所需要的圖卡或裝飾。

4. 教師依詩歌口白「披衫」，輪到的角色出場扮演，幼兒可加上自己扮演角色的語言。口白部分可由錄音帶代替或由幼兒自己口白，教師可加強扮演者的姿態及生活用語的口氣。

5. 扮演的角色，可輪流更換。

㈣教學資源：

圖卡、CD或錄音帶

㈤相關學習：

社會情緒、律動

五、睏衫
Khùn saⁿ

爸 爸 的 睏 衫 闊 闊 闊 ，
Pa pa ê khùn saⁿ khoah khoah khoah

媽 媽 的 睏 衫 薄 薄 薄 ，
ma ma ê khùn saⁿ póh póh póh

弟 弟 的 睏 衫 綿 綿 綿 ，
ti ti ê khùn saⁿ mî mî mî

我 的 睏 衫 軟 軟 軟 ，
góa ê khùn saⁿ nńg nńg nńg

你 的 睏 衫 咧 ？
lí ê khùn saⁿ leh

(一)**註解**：（河洛語──國語）

1. 睏衫 (khùn saⁿ) ──睡衣

2. 綿 (mî) ──柔軟

3. 咧 (leh) ──呢

(二)**適用範圍**：

1. 六歲幼兒。

2. 有關觸感的認知活動。

3. 有關衣服的單元或方案。

㈢配合活動：

1. 教師描述自己穿的衣服。薄薄的或軟軟的。
2. 請幼兒說一說自己衣服屬於哪一種？
3. 「你的衫是叨一款？」
   教師以事先準備之各類布料，讓幼兒類比選擇與自己的睡衣相同的質料。
4. 請幼兒以教師提供之形容詞說出衣服的質感──薄薄、軟軟、柔軟、粗粗……。
5. 教師與幼兒討論並計畫做一次睡衣展。
6. 教師引導幼兒利用不同材質之紙張做紙衣服，並預備各類紙請幼兒撫摸，找出與自己的睡衣相近的紙張。
7. 以河洛語進行服裝秀活動。

㈣教學資源：

各種紙張、碎布料、美術區用具

㈤相關學習：

認知、創造、欣賞、語言溝通

貳、親子篇

補 褲
Pó͘ khò͘

褲 仔 破 一 孔
Khò͘ á phòa chit khang

媽 媽 好 手 工
ma ma hó chhiú kang

目 一 下 囁
ba̍k chit ē nih

繡 好 一 隻 蜂
siù hó chit chiah phang

褲 仔 又 閣 媠 噹 噹
khò͘ á iū koh súi tang tang

(一)註解：（河洛語——國語）

1. 褲仔(khò͘ á) ——褲子
2. 一孔(chit khang) ——一個洞
3. 好手工(hó chhíu kang) ——手兒巧
4. 目一下囁(ba̍k chit ē nih) ——一眨眼的工夫
5. 媠噹噹(súi tang tang) ——漂亮極了

㈡活動過程：

1. 準備各種材質的紙張，每張皆隨意撕洞。

2. 準備各種色紙的彩畫工具。

3. 親子共同將每張紙的破洞以彩紙補好並加以美化，討論如何美化。

4. 教幼兒念「補褲」。

5. 活動過程中，宜以河洛語進行對談，如「破一孔」，「欲補孔」，「好手工」，「繡一隻蜂」，「又閣媠噹噹」……等，並反覆出現。

6. 活動過程中，家長引導小朋友，衣服破了，除了補洞外，更好的方式爲再行美化。

7. 共同完成補衣服的工作。

叁、補充參考資料

一、生活會話：

穿什麼衫

阿國：烏貓穿衫閣穿褲，烏狗穿褲激拖土⋯⋯

阿福：阿國，你在念什麼？

阿國：我在念穿衫歌啊！

阿福：你赫勢，我問你，學生穿什麼衫？

阿國：學生衫。

阿福：落雨的時穿什麼衫？

阿國：雨衫。

阿福：洗身軀穿什麼衫？

阿國：洗身軀衫。

阿福：哈哈，毋著啊呼！洗身軀免穿衫啦！

Chhēng sím mih saⁿ

A kok：Oˑ niau chhēng saⁿ koh chhēng khòˑ, oˑ káu chhēng khòˑ kek thoa thô⋯⋯

A hok：A kok, lí teh liām sím mih?

A kok：Góa teh liām chhēng saⁿ koa a!

A hok：Lí hiah gâu, góa mn̄g lí, ha̍k seng chhēng sím mih saⁿ?

A kok：Ha̍k seng saⁿ。

A hok：Lo̍h hō· ê sî chhēng sím mih saⁿ？

A kok：Hō· saⁿ。

A hok：Sé seng khu chhēng sím mih saⁿ？

A kok：Sé seng khu saⁿ。

A hok：Ha ha，m̄ tio̍h a hò·ⁿ！Sé seng khu bián chhēng
　　　　saⁿ lah！

二、參考語詞：（國語──河洛語）

1. 衣服──衫；衫仔褲（saⁿ; saⁿ á khò·）

2. 上衣──衫（saⁿ）

3. 外衣──外衫（gōa saⁿ）

4. 內衣──內衫（lāi saⁿ）

5. 毛線──膨紗（phòng se）

6. 毛衣──膨紗衫（phòng se saⁿ）

7. 棉衣──棉裘（mî hiû）

8. 背心──裌仔（kah á）

9. 裙子──裙（kûn）

10. 圍裙──圍司裙（ûi su kûn）

11. 百褶裙──百襇裙（pah kéng kûn）

12. 褲裙──褲裙（khò· kûn）

13. 褲子──褲（khò·）

14. 外褲──外褲（gōa khò·）

15. 內褲──內褲（lāi khò·）

16. 開襠褲——開腳褲仔(khui kha khò͘ á)

17. 祺袍——長條(tn̂g liâu)

18. 睡衣——睏衫(khùn saⁿ)

19. 衣領——領領(ām niá)

20. 衣袖——手䘼(chhiú ńg)

21. 長袖——長手䘼；長䘼的(tn̂g chhiú ńg; tn̂g ńg ê)

22. 短袖——短手䘼；短䘼的(té chhiú ńg; té ńg ê)

23. 口袋——落袋仔(lak tē á)

24. 上衣口袋——衫袋仔(saⁿ tē á)

25. 褲袋——褲袋仔(khò͘ tē á)

26. 西裝——西裝(se chong)

27. 襯衫——siá chuh（外來語）

28. 運動衣——運動衫(ūn tōng saⁿ)

29. 領帶——領帶(niá tòa)；ne khu tái（外來語）

30. 圍巾——領巾(niá kin)

31. 手套——手囊；手套(chhiú lông; chhiú thò)

32. 皮帶——皮帶(phôe tòa)

33. 鞋子——鞋(ê)

34. 拖鞋——拖仔；淺拖仔；拖仔鞋 (thoa á; chhián thoa á; thoa á ê)

35. 木屐——柴屐(chhâ kia̍h)

36. 鈕扣——鈕仔(liú á)

37. 圍嘴布巾——領垂(ām sê)

38. 布——布(pò͘)

39. 拉鏈——脫鏈仔(toah liân á)

40. 襪子——襪仔(bo̍eh á)

41. 大衣——大衣(tōa i)

42. 雨衣——雨衣；雨衫(hō͘ i；hō͘ saⁿ)

43. 帽子——帽仔(bō á)

44. 高跟鞋——高踏(koân tah)

45. 皮鞋——皮鞋(phôe ê)

46. 布鞋——布鞋(pò͘ ê)

47. 雨鞋——雨鞋(hō͘ ê)

48. 制服——制服(chè ho̍k)

三、謎語：

1. 一項物仔，四四角角，啥人伊攏敢摸伊的頭殼。

   Chı̍t hāng mı̍h á, sì sì kak kak, siáⁿ lâng i lóng káⁿ bong i ê thâu khak。

   （猜服飾用品）

   答：頭巾

2. 囊入去，彎彎翹翹，拔起來，軟軟皺皺。

   Long jı̍p khì, oan oan khiau khiau, pu̍ih khí lâi, nńg nńg jiâu jiâu。

   （猜服飾用品）

   答：襪仔（襪子）

3. 一隻鳥仔咬蟲絲，有路毋行，愛行路邊。

   Chı̍t chiah chiáu á kā thâng si, ū lō͘ m̄ kiâⁿ, ài kiâⁿ lō͘ piⁿ。

   （猜服飾用品）

答：針

4. 一枝柴仔直溜溜，有鼻無目睭。
   Chit ki chhâ á tit liu liu, ū phīⁿ bô bak chiu。
   （猜服飾用品）
   答：針

5. 一項物仔三個嘴，有伊無什麼，無伊會漏氣。
   Chit hāng mih á saⁿ ê chhùi, ū i bô sím mih, bô i ē làu
   khùi。
   （猜服飾用品）
   答：褲（褲子）

四、俗諺：

1. 衫長，手袂短。
   Saⁿ tîg, chhiú ńg té。
   （不調和，不勻稱狀。）

2. 無穿褲，喝大步。
   Bô chhēng khò͘, hoah tōa pō͘。
   （沒有實力，卻喜出風頭。）

3. 儉穿得新，儉食得偆。
   Khiām chhēng tit sin, khiām chiah tit chhun。
   （在穿著上節儉，就可穿新衣，在飲食上節儉，就有錢剩。）

4. 褲帶，結相連。

Khò͘ tòa, kat sio liân。

（形影相隨，常在一起。）

5. 二八，亂穿衣。

Jī pat, loān chhēng i。

（二月，八月係季節變化的月份，時冷時熱，故冬衣、夏衣都穿。）

6. 無針，不引線。

Bô chiam, put ín sòa^n。

（事出必有因。）

7. 一領水雞皮。

Chi̍t niá súi ke phôe。

（笑人衣服少，只有一件衣服，常在穿用。）

8. 人愛人皮，樹愛樹皮。

Lâng ài lâng phôe, chhiū ài chhiū phôe。

（人重面子，外表。）

9. 衫著新，人著舊。

Sa^n tio̍h sin, lâng tio̍h kū。

（衣服是新的好，人的交情是越舊越好。）

10. 有衫，無褲。

Ū sa^n, bô khò͘。

（不齊全。）

11. 細孔毋補，大孔叫苦。

Sè khang m̄ pó͘, tōa khang kiò khó͘。

（小事不防止，惹成大禍就麻煩。）

12. 穿佇身，媠佇面。

Chhēng tī sin, súi tī bīn。

（穿好衣服，人就變漂亮多多。）

13. 穿共一領褲。

Chhēng kāng chi̍t niá khò͘。

（形容彼此的關係密不可分。）

五、方言差異：

㈠方音差異

1. 洗　sé/sóe
2. 到底　tàu té/tàu tóe
3. 吹　chhoe/chhe
4. 啥　siáⁿ/sáⁿ/siám/sím

㈡語詞差異

1. 泅水衫　siû chúi saⁿ／游泳衣　iû éng i

六、異用漢字：

1. (súi) 媠／嫷／水
2. (ná) 若／那
3. (ê) 的／兮／个
4. (lâng) 人／農／儂
5. (tàu) 鬥／逗

主題七
枝仔冰（家常食物）

學習重點：

一、用河洛語稱呼各種常見食物。

二、知道家中常吃的食物。

三、喜歡台灣家常小吃。

壹、本文

一、枝仔冰
Ki　á　peng

枝　仔　冰　，冷　吱　吱　，
Ki　á　peng　léng　ki　ki

枝　仔　冰　，甜　甜　甜　，
ki　á　peng　ti^n　·ti^n　ti^n

阿　明　仔　，一　睏　舉　三　枝　。
A　bêng　á　chi̍t　khùn　gia̍h　sa^n　ki

冰　仔　水　，渒　渒　滴　，
Peng　á　chúi　chho̍k　chho̍k　tih

滴　甲　歸　雙　手　黏　黐　黐　。
tih　kah　kui　siang　chhiú　liâm　thi　thi

(一)**註解**：（河洛語──國語）

1. 枝仔冰(ki á peng)──冰棒
2. 冷吱吱(léng ki ki)──涼冰冰的
3. 甜甜甜(ti^n ti^n ti^n)──甜又甜
4. 一睏(chi̍t khùn)──一次
5. 渒渒滴(chho̍k chho̍k tih)──一直滴的意思
6. 滴甲(tih kah)──滴得……
7. 歸(kui)──整

8. 黏黐黐 (liâm thi thi) ——黏答答的

㈡應用範圍：

1. 四歲以上幼兒。
2. 有關逛街、上市場主題。

㈢配合活動：

1. 教師扮演小販推著小推車叫賣著「枝仔冰、枝——仔冰」。
2. 幼兒扮演買主，向小販買不同口味的「枝仔冰」。
3. 交換角色，由幼兒擔任小販，推車沿街叫賣「枝仔冰、枝——仔冰、冷吱吱的枝仔冰……。」
4. 教師帶幼兒念完整首「枝仔冰」。
5. 教師提供「枝仔冰」中句子交換組合。
6. 看看哪一位幼兒賣得最好，叫賣聲最豐富。

   如：「枝仔冰、甜甜甜
   　　甜甜甜的枝仔冰
   　　𣍐黏手的枝仔冰……。」

㈣教學資源：

道具小推車、貼上不同口味的冰棒圖形、冰棒

㈤相關學習：

語言溝通、創造

二、我唱 To·，食香菇

Góa　chhiùⁿ　To·　chia̍h　hiuⁿ　ko·

我　唱 To·，食　香　菇，
Góa　chhiùⁿ　To·　chia̍h　hiuⁿ　ko·

我　唱 Le，食　番　麥，
góa　chhiùⁿ　Le　chia̍h　hoan　be̍h

我　唱 Mi，食　肉　羹，
góa　chhiùⁿ　Mi　chia̍h　bah　kiⁿ

我　唱 Hoa，食　豬　脚，
góa　chhiùⁿ　Hoa　chia̍h　ti　kha

我　唱 So·，食　肉　酥，
góa　chhiùⁿ　So·　chia̍h　bah　so·

我　唱 La，食　柭　仔，
góa　chhiùⁿ　La　chia̍h　pat　á

我　唱 Si，食　魷　魚　絲，
góa　chhiùⁿ　Si　chia̍h　jiû　hî　si

To·、Le、Mi、Hoa、So·、La、Si、
To·　Le　Mi　Hoa　So·　La　Si

大　家　食　甲　笑　嘻　嘻。
tāi　ke　chia̍h　kah　chhiò　hi　hi

(一)註解：（河洛語──國語）

1. 食(chia̍h)──吃

2. 番麥(hoan be̍h)──玉米；玉蜀黍

3. 肉酥(bah so·)──肉鬆

4. 柭仔(pa̍t á) ──番石榴
5. 食甲(chia̍h kah) ──吃得……

㈡應用範圍：

1. 五歲以上幼兒。
2. 有關鄉土特產、小吃的主題。

㈢配合活動：

1. 幼兒在探索過相關的主題後教師準備食物圖卡，讓幼兒認圖正確說出河洛語名稱。
2. 教師用節奏樂器，用不同音階方式，讓幼兒邊說、邊找出音階最接近的圖卡。
3. 如發聲練習一段，菇──、雞──、羹──，依此類推，以食物名代替音階。
4. 教幼兒念「我唱To，食香菇」。
5. 播放簡易曲子，如「小蜜蜂」等，套上食物名及音階。
6. 請幼兒找出樂器，如三角鐵或木琴，或四周可找到的器皿如杯子、瓶子等，試著敲擊出這七個音階。

㈣教學資源：

圖卡、彩畫用具、簡易小樂器

㈤相關學習：

音律、社會情緒、感官

三、卵 炒 飯
Nn̄g chhá pn̄g

用 電 鍋 ，煮 白 飯 ，
Eⁿg tiān ko chú pe̍h pn̄g

用 大 鼎 ，煎 雞 卵 ，
ēng tōa tiáⁿ chian ke nn̄g

白 飯 煮 熟 來 炒 卵 ，
pe̍h pn̄g chú se̍k lâi chhá nn̄g

雞 卵 煎 熟 來 炒 飯 ，
ke nn̄g chian se̍k lâi chhá pn̄g

毋 知 是 飯 炒 卵 ，
m̄ chai sī pn̄g chhá nn̄g

抑 是 卵 炒 飯 。
ah sī nn̄g chhá pn̄g

(一)註解：（河洛語──國語）

1. 鼎 (tiáⁿ) ──鍋子

2. 雞卵 (ke nn̄g) ──雞蛋

3. 毋知 (m̄ chai) ──不知道

4. 抑是 (ah sī) ──還是

(二)應用範圍：

1. 五歲以上幼兒。

2. 用餐禮儀及認識餐點之相關活動。

㈢配合活動：

1. 幼兒探索相關主題後念「卵炒飯」。
2. 將幼兒分成二組，一組六人，四人分站二邊，二人負責下口令下棋。
3. 棋名：電鍋、白飯、大鍋子、雞蛋。

   棋步：由教師依場地情況規範。

   規則：電鍋吃掉白飯。

   　　　大鍋子吃掉雞蛋。

   　　　白飯、雞蛋二人一起碰上一起出局。

   　　　前後、左右移動，不可斜線前進。
4. 口令以河洛語發出，幼兒分別扮演電鍋、白飯、大鍋子、雞蛋進行活動。
5. 教師可依經驗中之食物名增加棋子。

㈣教學資源：

大棋盤或彩筆畫、人或紙盤當棋子

㈤相關學習：

人際關係、認知、語言溝通

四、眞愛食
Chin　ài　chiảh

食　芋　仔　冰　冷　吱　吱
Chiảh　ō·　á　peng　léng　ki　ki

食　蚵　仔　麵　線　燙　嘴　舌
chiảh　ô　á　mī　sòaⁿ　thǹg　chhùi　chih

食　麥　芽　膏　會　牽　絲
chiảh　beh　gê　ko　ē　khan　si

食　著　番　薑　仔　吐　嘴　舌
chiảh　tiỏh　hoan　kiuⁿ　á　thó·　chhùi　chih

(一)註解：（河洛語──國語）

1. 眞愛食(chin ài chiảh) ──很喜歡吃

2. 芋仔冰(ō· á peng) ──芋頭冰

3. 冷吱吱(léng ki ki) ──冰冷的感覺

4. 嘴舌(chhùi chih) ──舌頭

5. 閣(koh) ──還

6. 牽絲(khan si) ──拉長如絲線

7. 食著(chiảh tiỏh) ──吃到

8. 番薑仔(hoan kiuⁿ á) ──辣椒

9. 吐嘴舌(thó· chhùi chih) ──伸舌頭

㈡應用範圍：

1. 四歲以上幼兒。
2. 有關飲食習慣、禮儀的主題。

㈢配合活動：

1. 老師與幼兒討論各種食物之特質。

   如：「芋仔冰」——冷

   　　「蚵仔麵線」——燙

   　　「麥芽膏」——拉成絲

   　　「番薑仔」——辣

2. 教師和幼兒共同練習以河洛語說出感官感覺。

3. 教師以節奏聲或音樂引起注意，樂音一停，教師出題目，由幼兒以動作呈現。

   如：「番薑仔」——往上跳。

   　　「麥芽膏」——雙手拉絲狀……。

   　　幼兒輪流出題。

5. 共同分享吃下不同食物的表情和動作。

6. 教師教幼兒念「我愛食」。

㈣教學資源：

音樂、節奏樂器、圖卡

㈤相關學習：
認知、律動、語言溝通

五、食柭仔
Chiah pat á

食 柭 仔 ， 放 銃 子 ，
Chiah pat á ， pàng chhèng chí

食 柚 仔 ， 放 蝦 米 ，
chiah iū á ， pàng hê bí

食 龍 眼 ， 放 木 耳 ，
chiah lêng géng ， pàng bok ní

食 番 薯 ， 放 臭 屁 。
chiah han chî ， pàng chhàu phùi

(一)註解：（河洛語──國語）

1. 食(chiah) ──吃
2. 柭仔(pat á) ──番石榴
3. 放(pàng) ──解出（屎、尿）
4. 銃子(chhèng chí) ──子彈
5. 柚仔(iū á) ──柚子

(二)應用範圍：

1. 五歲以上幼兒。
2. 有關飲食習慣的主題。

㈢配合活動：

1. 探索過水果後，教師和幼兒討論有哪些水果有子，吃的時候需吐子，或不吐子。

2. 教師以節奏帶念誦歌謠。

3. 幼兒二人一組玩猜拳遊戲。
   猜拳時口中念「龍眼子、枝仔子、桃仔子」。分別設計三個代表不同動作，「桃仔子」贏「枝仔子」，「枝仔子」贏「龍眼子」……「龍眼子」贏「桃仔子」。

4. 亦可改變口念內容為「放銃子、放蝦米、放木耳、放臭屁」。

5. 配合數來寶節奏念唱。

㈣教學資源：

水果實物

㈤相關學習：

語言溝通、社會情緒、認知

貳、親子篇

食　紅　龜
Chia̍h　âng　ku

一 年 的 食 紅 龜
It　nî　ê　chia̍h　âng　ku

二 年 的 食 米 麩
jī　nî　ê　chia̍h　bí　hu

三 年 的 食 飯 疕
saⁿ　nî　ê　chia̍h　pn̄g　phí

四 年 的 舐 瓜 子
sì　nî　ê　chhńg　koe　chí

五 年 的 食 柳 丁
gō·　nî　ê　chia̍h　liú　teng

六 年 的 食 芋 冰
la̍k　nî　ê　chia̍h　ō·　peng

畢 業 的 轉 去 厝 內 軟 牛 奶
pit　gia̍p　ê　tńg　khì　chhù　lāi　suh　gû　leng

㈠註解：（河洛語──國語）

1. 食 (chia̍h) ──吃
2. 米麩 (bí hu) ──一種磨成粉狀的米，可沖泡用
3. 飯疕 (pn̄g phí) ──鍋巴
4. 舐 (chhńg) ──剔食

5. 轉去厝內(tńg khì chhù lāi) ——回去家裡
6. 欶(suh) ——吸

㈡活動過程：

1. 家長和幼兒討論歌謠中的食物吃過那些？幼兒和其兄弟姊妹、父母說出自己愛吃的食物。父母準備這些食物。

2. 家長在家中地面用膠帶貼成格子及 1～6 的數字，(或在公園、庭院、用粉筆畫)，全家人一起來跳房格子（單、雙腳）

3. 討論好規則，譬如：年長的要跳完幾格，或用記分的方法，成功的就得到自己喜愛的食物，或將自己喜愛的送給成功的人。

4. 每個人跳格子時，其他人就念本歌謠。

5. 家長與子女一起念「食紅龜」，請幼兒想想歌謠中的不合理及有趣之處，試試將上述各人喜愛的食物顛倒過來，全家享受這種樂趣，譬如：「(娃娃) 妹妹愛食牛排，爸爸欶牛奶」……等。

叁、補充參考資料

一、生活會話：

用嘴食飯

阿雄：阿華，我問你，咱用什麼食飯？

阿華：用箸食飯。

阿雄：美國人用什麼食飯？

阿華：用刀仔、叉仔食飯。

阿雄：印度人用什麼食飯？

阿華：用手食飯。阿雄，你用什麼食飯？

阿雄：我用嘴食飯。

阿華：…………

Eng chhùi chiah png

A hiông：A hôa，góa mng lí，lán ēng sím mih chiah png？

A hôa：Eng tī chiah png。

A hiông：Bí kok lâng ēng sím mih chiah png？

A hôa：Eng to á、chhiám á chiah png。

A hiông：Iìn tō· lâng ēng sím mih chiah png？

A hôa：Eng chhiú chiah png。A hiông，lí ēng sím mih chiah png？

A hiông：Góa ēng chhùi chiah png。

A hôa：……

二、參考語詞：（國語——河洛語）

1. 三餐——三頓（saⁿ tǹg）

2. 早餐——早頓（chá tǹg）

3. 中餐——中晝頓（tiong tàu tǹg）

4. 晚餐——暗頓（àm tǹg）

5. 宵夜——宵夜（siau iā）

6. 點心——點心（tiám sim）

7. 碗——碗（oáⁿ）

8. 大碗——碗公（oáⁿ kong）

9. 盤子——盤仔（pôaⁿ á）

10. 筷子——箸（tī）

11. 碟子——碟仔（tih á）

12. 湯匙——湯匙仔（thng sî á）

13. 刀子——刀仔（to á）

14. 叉子——叉仔（chhiám á）

15. 煮——煮（chú）

16. 炒——炒（chhá）

17. 用大火煮——焄（kûn）

18. 煎——煎（chian）

19. 蒸——炊（chhoe）

20. 在高溫的開水中燙煮——煠（sa̍h）

21. 炸——炸（chìⁿ）

22. 烘烤——烘(hang)

23. 食物在高溫下悶熟——㷆(pû)

24. 熏——熏(hun)

25. 浸——浸(chìm)

26. 燉——燉(tīm)

27. 酸——酸(sng)

28. 甜——甜(ti^n)

29. 苦——苦(khó·)

30. 辣——薟(hiam)

31. 鹹——鹹(kiâm)

32. 淡——汫(chiá^n)

33. 香——芳(phang)

34. 臭——臭(chhàu)

35. 澀——澀(siap)

36. 酸臭——臭酸(chhàu sng)

37. 鍋子——鼎(tiá^n)

38. 鍋鏟——煎匙(chian sî)

39. 蒸籠——籠床(lâng sn̂g)

40. 醃漬——豉(sī^n)

41. 腥臭味——臭臊味(chhàu chho bī)

42. 燒焦——臭火焦(chhàu hóe ta)

43. 挑食——揀食(kéng chiàh)

44. 吃素——食菜(chiàh chhài)

45. 零食——四秀仔(sì siù á)

46. 飽——飽(pá)

47. 餓——枵(iau)

48. 糖——糖 (thîg)

49. 鹽——鹽 (iâm)

50. 醬油——豆油 (tāu iû)

51. 胡椒——胡椒 (hô͘ chio)

52. 醋——醋 (chhò͘)

53. 油——油 (iû)

54. 醬——醬 (chiⁿ)

55. 麻油——麻油 (môa iû)

56. 花生油——土豆油 (thô͘ tāu iû)

57. 沙拉油——沙拉油 (sa la iû)

58. 酒——酒 (chiú)

59. 米酒——米酒 (bí chiú)

60. 啤酒——麥仔酒 (beh á chiú)；bih lù（外來語）

三、謎語：

1. 一日走三頓，一暝倚到光。

Chit ji̍t cháu saⁿ tǹg, chi̍t mê khiā kàu kng。

（猜飲食用具）

答：箸（筷子）

2. 一個烏烏蘇蘇，摃破會用得箍。

Chi̍t ê o͘ o͘ so so, kòng phòa bē ēng tit kho͘。

（猜一種煮食用具）

答：鼎（鍋子）

3. 一陣鳥仔白蒼蒼，兩枝竹仔趕入孔。

Chi̍t tīn chiáu á pe̍h chhang chhang, nn̄g ki tek á kóaⁿ ji̍p khang。

（猜一種動作）

答：食飯（吃飯）

4. 阿公躼，阿婆矮，阿公放尿予阿婆貯。

A kong lò, a pô é, a kong pàng jiō hō· a pô té。

（猜飲食用具）

答：茶砧、茶甌（茶壺、茶杯）

5. 一個囡仔裼腹體，人來陪人客。

Chi̍t ê gín á thǹg pak theh, lâng lâi pôe lâng kheh。

（猜一種容器）

答：酒矸（酒瓶）

6. 一項物仔矮突突，食草較濟牛。

Chi̍t hāng mi̍h á é tu̍t tu̍t, chia̍h chháu khah chē gû。

（猜煮食用具）

答：灶

四、俗諺：

1. 食飯皇帝大。

Chiah pīng hông tè tōa。

（吃飯最重要了，任何事都不便打擾。）

2. 食米，毋知米價。

　　Chiah bí, m̄ chai bí kè。

（吃三餐，不知食物貴賤。）

3. 食緊摃破碗。

　　Chiah kín kòng phòa oáⁿ。

（欲速則不達，事急易損。）

4. 看人食，喝燒。

　　Khòaⁿ lâng chiah, hoah sio。

（嫉妒人家。）

5. 食飽換枵。

　　Chiah pá oāⁿ iau。

（自找麻煩，徒勞。）

6. 食碗內，講碗外。

　　Chiah oáⁿ lāi, kóng oáⁿ gōa。

（吃自家飯，反為他人說話。）

7. 食欲食，虱母毋掠。

　　Chiah beh chiah, sat bú m̄ liah。

（吃要吃，卻不做事。）

8. 食甜，臆著鹹。

Chiah tiⁿ, ioh tioh kiâm。

（順境不忘逆境。）

9. 食到老，學到老。

Chiah kàu lāu, oh kàu lāu。

（學無止境之意。）

10. 食果子，拜樹頭。

Chiah kóe chí, pài chhiū thâu。

（人要知恩報本，飲水要思源。）

11. 食人一口，報人一斗。

Chiah lâng chit kháu, pò lâng chit táu。

（受人恩惠，要加倍報答。）

12. 食瓠，無留種。

Chiah pû, bô lâu chéng。

（形容短視近利，殺雞取卵，不顧以後結果。）

13. 食好鬥相報。

Chiah hó tàu sio pò。

（吃到好東西要通報大家知道，有福同享。）

14. 有肉，嫌無菜。

Ū bah, hiâm bô chhài。

（不知足。得隴望蜀。）

15. 有著食，無著煞。

Ū tio̍h chia̍h, bô tio̍h soah。

（有就吃，沒有就算了。不強求。）

五、方言差異：

㈠方音差異

1. 雞　ke/koe
2. 龍眼　lêng géng/gêng géng
3. 牛奶　gû leng/gû ni
4. 肉羹　bah ki^n/bah ke^n

㈡語詞差異

1. 番薑仔　hoan kiu^n á／番仔薑　hoan á kiu^n／菴薑仔 hiam kiu^n á
2. 柭仔　pa̍t á／那柭仔　ná pa̍t á　ná pu̍t á

六、異用漢字：

1. (gia̍h) 舉／攑
2. (bah ki^n) 肉羹／肉焿
3. (m̄ chai) 毋知／不／佛／唔
4. (chhùi) 嘴／喙
5. (chhèng) 銃／槍
6. (pn̄g phí) 飯疕／飯糒

7. (ê) 的／兮／个

8. (chhù) 厝／茨

9. (suh) 欶／吸

主題八
瓜子　果子（常吃的蔬果）

學習重點：

一、熟悉蔬果食物的河洛語名稱。

二、辨別各種蔬菜食物的種類。

三、養成良好的飲食習慣。

壹、本文

一、阿媽種菜
A　má　chèng　chhài

阿　媽　勢　種　菜　，
A　má　gâu　chèng　chhài

沃　水　摳　草　無　清　采　，
ak　chúi　khau　chháu　bô　chhìn　chhái

葱　仔　、芹　菜　、高　麗　菜　，
chhang　á　khîn　chhài　ko　lê　chhài

攏　是　伊　親　手　栽　，
lóng　sī　i　chhin　chhiú　chai

食　了　偌　好　你　敢　知　！
chiah　liáu　lōa　hó　lí　kám　chai

(一)註解：（河洛語——國語）

1. 阿媽(a má) ——祖母

2. 勢(gâu) ——會；能

3. 沃水(ak chúi) ——澆水

4. 摳草(khau chháu) ——拔草

5. 無清采(bô chhìn chhái) ——不隨便

6. 葱仔(chhang á) ——葱

7. 栽(chai) ——栽種

8. 攏是(lóng sī) ——都是

9. 伊(i) ——他

10. 食了(chiȧh liáu) ——吃了

11. 偌好(lōa hó) ——多好

12. 敢(kám) ——難道

㈡應用範圍：

1. 四歲以上幼兒。

2. 有關植物的主題或單元。

3. 有關飲食營養的生活教育。

㈢配合活動：

1. 兩位教師分飾二角，其一扮演「阿媽」，賣自己種的葱、芥菜、高麗菜……等各種常吃的青菜實物（擺一個攤位）。

2. 由另一位教師飾演買菜的人，引導幼兒前來買菜。幼兒要說出青菜的名稱，描述菜的味道和外形。

3. 如果幼兒說清楚了就將青菜分給幼兒，拿到該青菜者即扮演該種青菜。開始以下活動

   教師：「阿媽，欲種菜。」　幼兒：「種什麼菜？」

   教師：「種葱仔」念到「葱仔」時，拿到「葱仔」的幼兒則跟在教師後頭。

   教師：「阿媽，欲種菜。」　幼兒：「種什麼菜？」

   教師：「種芥菜」則當「芥菜」的幼兒再跟在「葱仔」的後頭。

依此類推,讓全部的幼兒都跟在老師後頭。

4. 最後教師:「阿媽挽菜。」語畢,後頭的小朋友要搶回自己的位置,被教師抓到者即當下一位「阿媽」。(遊戲繼續)

5. 討論及分享～

(1)自己最喜歡什麼菜?為什麼?

(2)自己不喜歡什麼菜?為什麼?

㈣教學資源:

葱仔、芥菜、高麗菜、菠菜……等青菜之實物

㈤相關學習:

認知、語言溝通、創造與表現

二、金　瓜
Kim　koe

金	瓜	金	瓜	變	馬	車
Kim	koe	kim	koe	piàn	bé	chhia

四	隻	鳥	鼠	來	拖	車
sì	chiah	niáu	chhí	lâi	thoa	chhia

我	是	公	主	欲	坐	車
góa	sī	kong	chú	beh	chē	chhia

叮	噹	叮	噹	十	二	聲
tin	tong	tin	tong	cha̍p	jī	sia^n

跋	落	眠	床	哀	一	聲
poa̍h	lo̍h	bîn	chhn̂g	ai	chi̍t	sia^n

(一)註解：（河洛語──國語）

1. 金瓜(kim koe) ──南瓜

2. 鳥鼠(niáu chhí) ──老鼠

3. 欲(beh) ──要

4. 跋落(poa̍h lo̍h) ──跌下

5. 眠床(bîn chhn̂g) ──床

(二)應用範圍：

1. 四歲以上幼兒。

2. 有關蔬果食物的主題或單元。

3. 有關食物的生活教育。

㈢配合活動：

1. 先和孩子念誦「金瓜」這首歌謠。
2. 和孩子討論南瓜可以做成什麼？如南瓜可以做燈籠、南瓜可以做成各種玩具等。
3. 和小朋友改編創作「灰姑娘」的故事。
4. 幼兒使用其他材料設計、製作南瓜形狀的大馬車。
5. 請孩子扮演改編後的「灰姑娘」故事，自己做的南瓜道具。
6. 請孩子發表演戲的感想和感覺。

㈣教學資源：

南瓜數個、灰姑娘的故事書、創作「金瓜馬車」的工具和材料

㈤相關學習：

語言溝通、認知、創造與表現

三、紅菜頭
Añg　chhài　thâu

兔　仔　請　客　佇　佣　兜
Thò·　á　chhiáⁿ　kheh　tī　in　tau

紅　菜　頭
âng　chhài　thâu

紅　菜　頭
âng　chhài　thâu

每　盤　攏　是　紅　菜　頭
múi　pôaⁿ　lóng　sī　âng　chhài　thâu

搖　搖　頭
iô　iô　thâu

搖　搖　頭
iô　iô　thâu

大　家　食　甲　一　直　晃　頭
tāi　ke　chiảh　kah　it　tit　hàiⁿ　thâu

(一)註解：（河洛語──國語）

1. 紅菜頭(âng chhài thâu) ──紅蘿蔔
2. 兔仔(thò· á) ──兔子
3. 佇佣兜(tī in tau) ──在他家
4. 攏是(lóng sī) ──都是
5. 食甲(chiảh kah) ──吃得
6. 晃頭(hàiⁿ thâu) ──負面性的搖頭

㈡應用範圍：

1. 四歲以上的幼兒。
2. 有關蔬菜的單元、主題。
3. 有關飲食的日常生活教育。

㈢配合活動：

1. 先和幼兒討論自己喜歡吃的食物有哪些？不喜歡吃的食物有哪些？並回想生活中有宴客或餐廳吃飯的情形。
2. 教幼兒念「紅菜頭」，利用詩歌中胡蘿蔔及看過的其他蔬菜做造型或組合一幅畫。
3. 請幼兒分享自己對不喜歡的食物的感覺，自己會如何處理不喜歡的食物，並澄清偏食的害處，教幼兒念第一篇主題四本文二中的「逐項食」。
4. 教師再帶領幼兒念誦一次，並分享自己或合作的作品。

㈣教學資源：

圖畫紙、蠟筆、彩色筆

㈤相關學習：

創造表現、社會情緒、語言溝通、自我概念

四、瓜　子　　果　子
Koe　chí　　kóe　chí

你　食　瓜　子，
Lí　chia̍h　koe　chí

伊　食　果　子，
i　chia̍h　kóe　chí

你　食　瓜　子，
lí　chia̍h　koe　chí

無　食　果　子，
bô　chia̍h　kóe　chí

伊　食　果　子，
i　chia̍h　kóe　chí

無　食　瓜　子，
bô　chia̍h　koe　chí

我　食　瓜　子，
góa　chia̍h　koe　chí

也　食　果　子。
iā　chia̍h　kóe　chí

㈠註解：（河洛語──國語）

1. 食(chia̍h) ──吃

2. 伊(i) ──他

3. 果子(kóe chí) ──水果

4. 無(bô) ──沒有

㈡應用範圍：

1. 四歲以上幼兒。
2. 有關水果的單元或主題。

㈢配合活動：

1. 先帶幼兒念一遍兒歌，並和幼兒討論句子或詞語的意思，如什麼是「瓜子」？什麼是「果子」？

2. 分享討論知道的水果有那些？這些水果的台語怎麼講。有沒有吃過瓜子？瓜子的特徵為何？（如黑黑的）教師準備各種瓜子和水果請幼兒品嘗。

3. 利用食物分享來做語句練習。

4. 品嘗後，教師以舉出實物或口頭說出，如「葡萄子」、「西瓜子」、「柚仔子」、「金瓜子」等時，請幼兒說出是「瓜子」還是「果子」，幼兒也隨著加速回應「瓜子」或「果子」來不及回應的幼兒出局，直到全部幼兒都會正確的念出「瓜子」、「果子」。

5. 最後請幼兒依所吃的水果按照自己喜歡吃的分組，當教師念兒歌念到「果子」時，會將它改成其中一種水果名稱，如蘋果，蘋果組的幼兒就趕快起來做上下搖擺的波浪狀，那一組沒仔細聽而錯失做動作的機會，就要出來表演。

㈣教學資源：

各種的水果、瓜子

㈤相關學習：

語言溝通及認知、身體與感覺

五、芥 菜　韭 菜
Kòa chhài　kú chhài

二 九 暝，食 芥 菜，
Jī káu mê，chiàh kòa chhài

初 一 早，食 韭 菜，
chhe it chá，chiàh kú chhài

久 久 長 長，長 長 久 久，
kú kú tfig tfig，tfig tfig kú kú

大 人 話，眞 奇 怪。
tōa lâng oē，chin kî koài

(一)註解：（河洛語──國語）

1. 二九暝(jī káu mê) ──除夕夜
2. 食(chiàh) ──吃

(二)應用範圍：

1. 四歲以上幼兒。
2. 有關蔬果、食物的主題或單元。

(三)配合活動：

1. 教師和幼兒共同念誦「芥菜、韭菜」的兒歌。

2. 可和幼兒簡單的討論一下兒歌的內容包括「韭菜」與「長長久久」的關係，請幼兒分享吃芥菜及韭菜的感覺或經驗。

3. 引導幼兒利用「芥菜、韭菜」的兒歌，編一套簡單的猜拳遊戲。例如：二人一組，各伸出一隻手平放於胸前，另一隻手先拍自己平放的手一下，再拍別人的一下，再拍自己的手一下。念一個字拍一下，「二九暝」，「食芥菜」時，就雙手放在嘴前像吃東西狀；第二句「初一早」，也是拍自己、拍別人、再拍自己。「食韭菜」時就同「食芥菜」的動作；「久久長長，長長久久」便雙手握拳在胸前繞著。「大人話」就站好，「眞奇怪」時，兩人用腳做出剪刀、石頭、布的動作。

4. 待幼兒熟悉此方式後，可將幼兒分成二隊，由每隊的第一個人開始邊念兒歌邊玩拳，輸的一方則須鑽過贏的一方用雙腳形成的隧道 至贏的一隊最後方。

5. 輸的一隊再由第二個人出賽，看那邊擁有最多對方的人爲優勝者。輸方須想一個獎勵優勝者的方式。

(四)教學資源：

鋪有墊子或木板的寬敞的活動室

(五)相關學習：

肢體動作、語言溝通

六、什麼子
Sím mih chí

龍	眼	子	親	像	「巧	克	力」
Lêng	géng	chí	chhin	chhiūⁿ	ㄑㄧㄠ³	ㄎㄜ⁴	ㄌㄧ⁴

枝	仔	子	予	你	塞	嘴	齒
pat	á	chí	hō·	lí	that	chhùi	khí

木	瓜	子	濟	甲	若	粉	圓
bȯk	koe	chí	chē	kah	ná	hún	îⁿ

桃	仔	子	表	示	我	愛	你
thô	á	chí	piáu	sī	góa	ài	lí

㈠**註解：**（河洛語——國語）

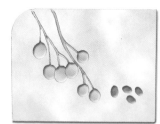

1. 親像（chhin chhiūⁿ）——好像
2. 枝仔（pat á）——番石榴
3. 予你（hō· lí）——讓你
4. 嘴齒（chhùi khí）——牙齒
5. 濟甲（chē kah）——多得
6. 桃仔（thô á）——桃子

㈡**應用範圍：**

1. 四歲以上幼兒。
2. 有關水果的主題或單元。

㈢**配合活動**：

1. 教師用厚紙板每張畫上三種水果，直立在地面。
2. 每張水果畫板前放置一個大紙箱，請幼兒丟水果。
3. 每位幼兒分三個小軟球。
4. 教師以距離紙箱三公尺的地方，放置一條軟帶為幼兒站立的地方。
5. 幼兒站向水果牌丟擲，將球落入紙箱中，未能丟入者輸。
6. 教師逐漸移動軟帶，加大距離。

㈣**教學資源**：

1. 厚紙板、紙箱、畫圖用具及材料
2. 寬濶的空地

㈤**相關學習**：

大肌肉運動、認知

七、西瓜
Si koe

西 瓜 肉 紅 紅，
Si koe bah âng âng

西 瓜 皮 青 青，
si koe phôe chhiⁿ chhiⁿ

西 瓜 濟 汁 閣 眞 甜，
si koe chē chiap koh chin tiⁿ

雙 手 食 甲 黏 黐 黐，
siang chhiú chiah kah liâm thi thi

一 枝 嘴 嘛 是 笑 微 微。
chit ki chhùi mā sī chhiò bî bî

㈠註解：（河洛語──國語）

1. 青青(chhiⁿ chhiⁿ) ──綠綠的

2. 濟汁(chē chiap) ──多汁

3. 閣(koh) ──又

4. 食甲(chiah kah) ──吃得

5. 黏黐黐(liâm thi thi) ──黏答答的樣子

6. 一枝嘴(chit ki chhùi) ──一張嘴

7. 嘛(mā) ──也

8. 笑微微(chhiò bî bî) ──笑咪咪的

㈡應用範圍：

1. 四歲以上幼兒。
2. 有關水果的單元或方案、活動。
3. 配合餐點的日常生活。

㈢配合活動：

1. 在幼兒探索過相關的主題之後，包括觀賞和品嘗，教幼兒念
   「西瓜」，進行以下活動：
   ⑴利用紅色及綠色之各種材質紙張進行團體合作西瓜撕貼
   　畫。
   ⑵作品欣賞及分享活動。
2. ⑴利用紅、綠色彩的顏料調配漿糊，並在紙上進行彩糊畫。
   ⑵分享彩糊特殊的創作觸感及作品展示，並帶入兒歌中之各
   　種形容詞（例如：紅紅、青青、甜甜、黏黐黐）於師生分享
   　活動中。

㈣教學資源：

紙張、膠水、顏料、漿糊、相關的實物及圖片、情境等

㈤相關學習：

創造、語言溝通

八、甘 蔗
Kam chià

皮 烏 烏 ，
Phôe o͘ o͘

肉 黃 黃 ，
bah n̂g n̂g

甘 蔗 生 佇 甘 蔗 園 ，
kam chià seⁿ tī kam chià hn̂g

甘 蔗 長 長 長 ，
kam chià tn̂g tn̂g tn̂g

甘 蔗 好 做 糖 ；
kam chià hó chò thn̂g

啃 甘 蔗 ，
khè kam chià

較 贏 在 哺 樹 奶 糖 。
khah iâⁿ teh pō͘ chhiū leng thn̂g

㈠註解：（河洛語──國語）

1. 烏烏(o͘ o͘) ──黑黑的
2. 生佇(seⁿ tī) ──長在
3. 較贏(khah iâⁿ) ──勝過
4. 哺(pō͘) ──嚼
5. 樹奶糖(chhiū leng thn̂g) ──口香糖

㈡**應用範圍**：

    1. 四歲以上幼兒。

    2. 有關植物的單元或方案、活動。

㈢**配合活動**：

    1. 幼兒從事探索活動，觀察甘蔗樹，或市場的甘蔗汁製作等。比較竹竿、甘蔗的長短、節數、外形、顏色（去皮與不去皮）……等。

    2. 品嘗甘蔗汁及啃甘蔗，發表口感味道。

    3. 教念本文兒歌。

    4. 利用報紙自製甘蔗，玩跳躍遊戲（單腳跳、雙腳跳，分腳跳，自由跳……等）。

    5. 跳竹竿舞──教師播放音樂加上響板的節奏，用紙做的竹竿跳舞（開合開合開開合）。

㈣**教學資源**：

    竹竿、甘蔗、報紙、膠帶……等

㈤**相關學習**：

    音樂律動、認知、身體與感官、創造

九、旺梨
Oñg　lâi

旺　梨　種　佇　旺　梨　園
Oñg　lâi　chèng　tī　ōng　lâi　hñg

皮　粗　粗　，　肉　黃　黃　，
phôe　chho͘　chho͘　　bah　ñg　ñg

絞　絞　咧　，　全　全　湯　，
ká　ká　leh　　choân　choân　thng

飲　一　嘴　，
lim　chit　chhùi

小　可　甜　甜　小　可　酸　。
sió　khóa　tiⁿ　tiⁿ　sió　khóa　sng

(一)註解：（河洛語──國語）

1. 旺梨(ōng lâi) ──鳳梨

2. 佇(tī) ──在

3. 絞絞咧(ká ká leh) ──用果汁機打一打的意思

4. 全全湯(choân choân thng) ──很多汁的意思

5. 飲一嘴(lim chit chhùi) ──喝一口

6. 小可(sió khóa) ──稍微

(二)應用範圍：

1. 四歲以上幼兒。

2. 有關水果的單元、方案。

3. 配合餐點的日常生活。

㈢配合活動：

1. 幼兒以小組方式進行闖關，闖關時，每人先用布條矇住雙眼。

2. 第一關：觸摸切成小片的鳳梨外皮。

3. 第二關：品嘗已切成小塊的鳳梨果肉。

4. 第三關：喝一口鳳梨原汁。

5. 第四關：拿下矇眼布條，在教師預先準備的各種水果中，以摸一摸、聞一聞⋯⋯各種方式進行探索，再找出一～三關的神秘水果為何。

6. 分享闖關時的各種感覺。

7. 教念「旺梨」兒歌後，可和幼兒討論如何辦一場鳳梨品嘗大餐。

㈣教學資源：

鳳梨、鳳梨製的食品數種（如果汁等）、手帕數條

㈤相關學習：

認知、感覺、社會情緒

十、葡萄
Phû tô

葡 萄 園 ， 全 葡 萄 ，
Phû tô hn̂g choân phû tô

鉸 五 葩 ， 送 姨 婆 ，
ka gō͘ pha sàng î pô

姨 婆 那 食 那 呵 咾 ，
î pô ná chiah ná o ló

講 伊 甜 甜 濟 汁 滋 味 好 ，
kóng i tiⁿ tiⁿ chē chiap chu bī hó

是 伊 上 界 愛 食 的 水 果 。
sī i siōng kài ài chiah ê chúi kó

㈠註解：（河洛語──國語）

1. 全(choân) ──都是
2. 鉸五葩(ka gō͘ pha) ──剪了五串
3. 那(ná) ──一邊
4. 食(chiah) ──吃
5. 呵咾(o ló) ──稱讚
6. 伊(i) ──他；它
7. 濟(chē) ──多
8. 上界(siōng kài) ──最

㈡應用範圍：

1. 四歲以上幼兒。
2. 有關水果的單元或方案、活動。
3. 配合餐點的日常生活。

㈢配合活動

1. 幼兒探索過相關的主題後，教師用簡單的偶演出「葡萄」裡的故事，教師當然要將故事加以豐潤。譬如，讓姨婆多嘗幾種水果。將「姨婆」化為動物，成為小白兔和大白兔之間的對白和互動……等。
2. 將偶交給幼兒，自由上台演出。
3. 配合餐點中的水果，接著請幼兒吃葡萄。
4. 將每個人盤中的葡萄數清楚，食用時看看誰最會吃葡萄，如何將子和皮吐掉。
5. 分享：形容葡萄的味道，並可延伸成各種創作活動。

㈣教學資源：

各類手套或小型紙偶、葡萄

㈤相關學習：

創造、語言溝通

十一、柭 仔
Pat á

柭 仔 皮 ， 菁 菁 菁 ，
pat á phôe chhiⁿ chhiⁿ chhiⁿ

柭 仔 肉 ， 脆 閣 甜 ，
pat á bah chhè koh tiⁿ

阿 公 種 一 欉 佇 厝 邊 ，
a kong chèng chit châng tī chhù piⁿ

柭 仔 柭 仔 眞 勢 生 ，
pat á pat á chin gâu siⁿ

欲 食 緊 來 嬡 相 爭 。
beh chiah kín lâi mài saⁿ chiⁿ

㈠註解：（河洛語──國語）

1. 柭仔(pat á) ──番石榴

2. 青青青(chhiⁿ chhiⁿ chhiⁿ) ──青綠的意思

3. 閣(koh) ──又

4. 阿公(a kong) ──祖父

5. 一欉(chit châng) ──一棵

6. 佇(tī) ──在

7. 厝邊(chhù piⁿ) ──屋子旁邊

8. 眞勢生(chin gâu siⁿ) ──很會結果實

9. 欲食(beh chiah) ──要吃

10. 緊來(kín lâi) ──快來

11. 嬤相爭 (mài saⁿ chiⁿ) ——不要爭

㈡**應用範圍**：

1. 四歲以上幼兒。
2. 有關水果的單元、方案。
3. 配合餐點的日常生活。

㈢**活動過程**：

1. 教師先和幼兒分享芭樂的味道、顏色等，敎幼兒念「枼仔」。
   進行以下活動之一：
2. 滾芭樂：
   請幼兒想像自己是一顆芭樂，
   ⑴利用烏龜墊（海棉材質），請幼兒跪在其中。
   　可同時二組進行，看那二邊的芭樂先滾到定點，即獲勝！
   ⑵教師要請幼兒想像，現在來到「大人國」，要做苦工「搬芭
   　樂」，利用大籠球、平衡木，請幼兒「搬芭樂」站在平衡木
   　上（寬 15～30 cm），推大籠球走過平衡木。

（須老師從旁協助，注意安全）

3. 摘芭樂：

　　教師可設計不同體能障礙活動，請幼兒想像在「大人國」，
「摘芭樂」，依序完成：

（走斜坡、下樓梯）（走平衡木）（跳呼拉圈）（拍鈴鼓）（爬鑽
籠）

　　教師念「枝仔」，以一整首來控制時間，決定活動的開始和結
束。

㈣**教學資源**：

1. 各式體能器材（如：大籠球、呼拉圈、平衡木……）
2. 鈴鼓

㈤相關學習：

大肌肉運動、語言溝通

十二、木瓜
Bȯk koe

木 瓜 子 ，
Bȯk koe chí

圓 圓 圓 ，
îⁿ îⁿ îⁿ

掖 一 把 ，
iā chi̍t pé

佇 厝 邊 ；
tī chhù piⁿ

木 瓜 欉 ，
Bȯk koe châng

眞 勢 生 ，
chin gâu siⁿ

發 的 葉 仔 靑 靑 靑 ，
hoat ê hio̍h á chhiⁿ chhiⁿ chhiⁿ

生 的 木 瓜 甜 甜 甜 。
siⁿ ê bȯk koe tiⁿ tiⁿ tiⁿ

㈠註解：（河洛語──國語）

1. 掖(iā) ──撒

2. 佇(tī) ──在

3. 厝邊(chhù piⁿ) ──屋旁

4. 木瓜欉(bȯk koe châng) ──木瓜樹

5. 眞勢生(chin gâu siⁿ) ──很會生

6. 發的(hoat ê) ──長的
7. 葉仔(hio͘h á) ──葉子
8. 青青青(chhiⁿ chhiⁿ chhiⁿ) ──非常的綠

(二)應用範圍：

1. 四歲以上幼兒。
2. 有關水果的單元、方案或活動。
3. 配合餐點的日常生活。

(二)配合活動

幼兒探索過相關的主題後，對木瓜已有深入的瞭解，用河洛語進行以下的活動。

1. 教師打扮成種水果的老人，口述他的果園。請幼兒坐在地面上，他念：「木瓜子，圓圓圓」，手指著幼兒的頭，「掖一把，佇厝邊」立即從口袋裡掏出一把彩色金碎紙，撒在幼兒身上，另一位教師說明木瓜子擠在一起，幼兒立即相互擠來擠去，擠成一團。

2. 教師繼續念「木瓜木瓜眞勢生」，另一位教師說明木瓜子要開始生長了。

3. 教師繼續念「發的葉仔青青青」，另一位教師說明木瓜子發芽，逐漸長高了。幼兒搖著身體，站起來。

4. 教師接著念：「生的木瓜甜甜甜」，另一位教師說明木瓜結果子了，請幼兒兩、三人一組抱起來，轉圈。

5. 教師帶領幼兒念完整首「木瓜」。

6. 討論分享：身體擠來擠去的感覺，擁抱的感覺。

㈣**教學資源**：

　彩色碎紙一小袋、裝扮用頭巾、舊衣服等

㈤**相關學習**：

　身體感覺、社會情緒、語言溝通

貳、親子篇

番　薯
Han　chî

有　的　炰，有　的　烘，
Ū　ê　pû　ū　ê　hang

番　薯　番　薯　芳　芳　芳，
han　chî　han　chî　phang phang phang

食　一　嘴，甜　閣　鬆，
chiah　chit　chhùi　tiⁿ　koh　sang

歸　陣　囝　仔
kui　tīn　gín　á

歡　喜　甲　歸　半　工。
hoaⁿ　hí　kah　kui　pòaⁿ　kang

(一)註解：（河洛語──國語）

1. 炰(pû) ──烘烤

2. 烘(hang) ──烘烤

3. 芳(phang) ──香

4. 食一嘴(chiah chit chhùi) ──吃一口

5. 閣(koh) ──又

6. 歸陣囝仔(kui tīn gín á) ──整群小孩

7. 歡喜甲(hoaⁿ hí kah) ──高興得

8. 歸半工(kui pòaⁿ kang) ──老半天

㈡活動過程：

1. 先和孩子一起念誦「番薯」這首歌謠。

2. 請家長和孩子觀察家中什麼東西可以用來當成番薯的外皮。想到後，請孩子將它披上，扮演番薯。

3. 讓家長扮演烤箱、孩子飾演番薯，把番薯放到烤箱上滾一滾（即孩子躺在家長身上滾一滾）。

4. 來回滾動數次，家長在幼兒身上搔癢，口念「食番薯，甜閣芳」，親子一起念誦「食番薯」這首歌謠。

5. 父母親在假日帶領幼兒從事戶外燒土窯、烤番薯活動。

叁、補充參考資料

一、生活會話：

食果子

阿明：媽媽，我欲食果子。

媽媽：你欲食什麼果子？

阿明：我欲食柑仔。

媽媽：這馬是熱天時，猶無柑仔。

阿明：按呢，有什麼咧？

媽媽：有西瓜、旺梨、木瓜，閣有蓮霧。

阿明：我欲食木瓜，木瓜牛奶眞好飲。

Chiah kóe chí

A bêng：Ma ma，góa beh chiah kóe chí。

Ma ma：Lí beh chiah sím mih kóe chí？

A bêng：Góa beh chiah kam á。

Ma ma：Chit má sī joah thiⁿ sî，iáu bô kam á。

A bêng：Añ ne，ū sím mih leh？

Ma ma：Ū si koe、ōng lâi、 bȯk koe，koh ū lián bū。

A bêng：Góa beh chiah bȯk koe，bȯk koe gû leng chin hó lim。

二、參考語詞：（國語──河洛語）

1. 食物──食物（si̍t bu̍t）
2. 魚──魚（hî）
3. 肉──肉（bah）
4. 青菜──青菜（chhe^n chhài）
5. 水果──果子（kóe chí）
6. 雞肉──雞肉（ke bah）
7. 豬肉──豬肉（ti bah）
8. 牛肉──牛肉（gû bah）
9. 羊肉──羊肉（iû^n bah）
10. 鴨肉──鴨肉（ah bah）
11. 白菜──白菜（pe̍h chhài）
12. 菠菜──飛薐仔菜（poe lêng á chhài）
13. 空心菜──蕹菜（èng chhài）
14. 高麗菜──高麗菜；玻璃菜（ko lê chhài; po lê chhài）
15. A菜──窩仔菜（e á chhài）
16. 芹菜──芹菜（khîn chhài）
17. 香菜──芫荽（iân sui）
18. 莧菜──莧菜（hēng chhài）
19. 蘿蔔──菜頭（chhài thâu）
20. 紅蘿蔔──紅菜頭（âng chhài thâu）；lîn jín（外來語）
21. 黃瓜──刺瓜仔（chhì koe á）
22. 絲瓜──菜瓜（chhài koe）
23. 瓠瓜──瓠仔（pû á）

24. 南瓜——金瓜(kim koe)

25. 冬瓜——冬瓜(tang koe)

26. 苦瓜——苦瓜(khó͘ koe)

27. 韭菜——韭菜(kú chhài)

28. 青椒——大茼仔(tāi tông á)

29. 花菜——花菜；菜花(hoe chhài; chhài hoe)

30. 玉米——番麥(hoan be̍h)

31. 豆芽菜——豆菜(tāu chhài)

32. 豆子——豆仔(tāu á)

33. 茄子——茄(kiô)

34. 蔥——蔥仔(chhang á)

35. 蒜——蒜仔(soàn á)

36. 竹筍——竹筍(tek sún)

37. 辣椒——番薑仔(hoan kiu^n á)

38. 洋蔥——蔥頭(chhang thâu)

39. 芥藍菜——芥藍仔菜(kè nâ á chhài)

40. 馬鈴薯——馬鈴薯(bé lêng chî)

41. 花生——土豆(thô͘ tāu)

42. 番茄——臭柿仔；甘仔蜜(chhàu khī á; kam á bi̍t)；tho͘
　　　　má to͘h（外來語）

43. 西瓜——西瓜(si koe)

44. 鳳梨——旺梨(ōng lâi)

45. 香蕉——芎蕉(kin chio)

46. 荔枝——荔枝(nāi chi)

47. 蓮霧——蓮霧(lián bū)

48. 枇杷——枇杷(khî phê)

49. 番石榴──柭仔；那柭仔(pa̍t á; ná pu̍t á)

50. 梨子──梨仔(lâi á)

51. 草莓──莓仔；草莓(m̂ á; chháu m̂)

52. 柿子──柿仔(khī á)

53. 釋迦──釋迦(sek khia)

54. 龍眼──龍眼(lêng géng)

55. 蘋果──蘋果；瓜果(phōng kó; koa kó)；lìn gō͘（外來語）

56. 芒果──檨仔(soāiⁿ á)

57. 柚子──柚仔(iū á)

58. 桃子──桃仔(thô á)

59. 李子──李仔(lí á)

60. 楊桃──楊桃(iûⁿ thô)

61. 柳丁──柳丁(liú teng)

62. 橘子──柑仔(kam á)

63. 葡萄──葡萄(phû thô)

64. 椰子──椰子(iā chí)

65. 木瓜──木瓜(bo̍k koe)

66. 香瓜──芳瓜(phang koe)

67. 梅子──梅仔(môe á; m̄ á)

68. 棗子──棗仔(chó á)

69. 百香果──時計果；時鐘果；美女瓜(sî kè kó, sî cheng kó; bí lú koe)

70. 榴蓮──榴槤(liû liân)

71. 甘蔗──甘蔗(kam chià)

三、謎語：

1. 藤絲絲，葉缺缺，紅關公，靑張飛，白劉備，桃園三結義。

   Tîn si si, hioh khih khih, âng Koan kong, chheⁿ Tiūⁿ hui, peh Lâu pī, thô hn̂g sam kiat gī。

   （猜一種水果）

   答：西瓜

2. 紅布包白布，一嘴食，一嘴吐。

   Âng pò͘ pau peh pò͘, chit chhùi chiah, chit chhùi thò͘。

   （猜一種食物）

   答：甘蔗

3. 頂開花，下結子，大人囡仔，愛食甲欲死。

   Téng khui hoe, ē kiat chí, tōa lâng gín á, ài chiah kah beh sí。

   （猜一種食物）

   答：土豆（花生）

4. 靑衫疊白褲，腳底生毛，獪行路。

   Chheⁿ saⁿ thah peh khò͘, kha té seⁿ mo͘, bē kiâⁿ lō͘。

   （猜一種蔬菜）

   答：葱仔（葱）

5. 頭插土，尾凍露，若欲食，剝衫褲。

   Thâu chhah thô͘, bóe tàng lō͘, nā beh chiah, pak saⁿ khò͘。

（猜一種食物）

答：竹筍

6. 風來嘩嘩，雨來沙沙，隱痀的，生百外。

Hong lâi hoa hoa, hō͘ lâi soa soa, ún ku ê, seⁿ pah gōa。

（猜一種水果）

答：芎蕉（香蕉）

7. 一個囝仔，黃酸黃酸，舉竹篙，挵尻川。

Chit ê gín á, n̂g sng n̂g sng, giȧh tek ko, lòng kha chhng。

（猜一種水果）

答：菝仔（番石榴）

四、俗諺：

1. 番薯看做芋。

Han chî khòaⁿ chò ō͘。

（看錯東西。）

2. 挖薑母，拭目墘。

Thȧh kiuⁿ bú, chhit bȧk kîⁿ。

（假哭，假同情。）

3. 甘蔗，無雙頭甜。

Kam chià, bô siang thâu tiⁿ。

（凡事有利有弊，兩者不可兼得。）

4. 人衰，種瓠仔生菜瓜。

    Lâng soe, chèng pû á seⁿ chhài koe。

    (比喻人倒霉，事與願違。)

5. 啞口，食苦瓜。

    É káu, chiah khó͘ koe。

    (啞巴吃黃蓮，有苦說不出。)

6. 十二月食菜頭，六月才轉嗽。

    Chap jī goeh chiah chhài thâu, lak goeh chiah tńg sàu。

    (事過，到日後才顯露。)

7. 菜金，菜土。

    Chhài kim, chhài thô͘。

    (菜有時貴，有時很便宜。)

8. 甘蔗粕，哺無汁。

    Kam chià phoh, pō͘ bô chiap。

    (沒有油可揩。)

9. 食魚，食肉，也著菜甲。

    Chiah hî, chiah bah, iā tioh chhài kah。

    (只吃魚、肉，不吃青菜是不好的。)

10. 紅龜包鹹菜。

    Ang ku, pau kiâm chhài。

    (只是外表好看而已。)

11. 有肉，嫌無菜。

Ū bah, hiâm bô chhài。

（不知足。得隴忘蜀。）

12. 無齒，食豆腐。

Bô khí, chiah tāu hū。

（剛適合。）

13. 無魚，蝦嘛好。

Bô hî, hê mā hó。

（有總比沒有好。）

14. 有人好酒，有人好豆腐。

Ū lâng hò^n chiú, ū lâng hò^n tāu hū。

（各人嗜好不同。）

五、方言差異：

㈠方音差異

1. 芹菜　khîn chhài/khûn chhài
2. 鳥鼠　niáu chhí/niáu chhú
3. 果子　kóe chí/ké chí
4. 暝　mê/mî
5. 龍眼　lêng géng/gêng géng
6. 濟　chē/chōe

7. 靑　chheⁿ/chhiⁿ

8. 皮　phôe/phê

9. 生　seⁿ/siⁿ

10. 做　chò/chòe

11. 啃　khè/khòe

12. 樹奶糖　chhiū leng thn̂g/chhiū ni thn̂g

10. 葡萄　phû tô/phô tô

14. 番薯　han chî/han chû

㈡語詞差異

1. 高麗菜　ko lê chhài／玻璃菜　po lê chhài

2. 偌好　lōa hó／外好　gōa hó

3. 紅菜頭　âng chhài thâu／lîn jín（外來語）

4. 果子　kóe chí／水果　chúi kó

5. 芥菜　kòa chhài／長年菜　tn̂g nî chhài

6. 枳仔　pa̍t á／那枳仔　ná pu̍t á

7. 歸半工　kui pòaⁿ kang／歸半日　kui pòaⁿ ji̍t

六、異用漢字：

1. (gâu) 勢／賢

2. (beh) 欲／卜／懷／要

3. (tī) 佇／置／在

4. (chhùi) 嘴／喙

5. (chē) 濟／儕／多

6. (chit má) 這馬／即馬

7. (siōng) 上／尙

8. (hō·) 予／互

9. (khah) 較／卡

10. (teh) 在／塊

11. (ōng lâi) 旺梨／鳳梨／王萊

12. (lim) 飲／啉

13. (chhù) 厝／茨

14. (gín á) 囝仔／囡仔

主題九
阿珠仔愛照鏡（日用品）

學習重點：

一、用河洛語稱呼生活中日常用品。

二、了解生活用品之用途。

三、建立良好的生活習慣。

壹、本文

一、壁 頂 弔 圖
Piah téng tiàu tô·

阿　婆　　阿　婆　，
A　pô　　A　pô

灶　脚　弔　一　寡　仔　圖　，
chàu　kha　tiàu　chı̍t　kóa　á　tô·

正　旁　弔　青　菜　，
chiàⁿ　pêng　tiàu　chheⁿ　chhài

倒　旁　弔　饅　頭　，
tò　pêng　tiàu　bán　thô·

後　壁　弔　一　張　麵　線　糊　。
āu　piah　tiàu　chı̍t　tiuⁿ　mī　sòaⁿ　kô·

(一)註解：（河洛語──國語）

1. 灶腳(chàu kha) ──厨房
2. 弔(tiàu) ──掛
3. 一寡仔(chı̍t kóa á) ──一些
4. 正旁(chiàⁿ pêng) ──右邊
5. 倒旁(tò pêng) ──左邊
6. 後壁(āu piah) ──後面
7. 麵線糊(mī sòaⁿ kô·) ──煮糊的麵線

㈡應用範圍：

1. 四歲以上幼兒。
2. 有關家居佈置之主題。
3. 有關藝術欣賞的主題或活動。

㈢配合活動：

1. 教師配合相關的主題，如過年、過節，與幼兒討論廚房裡的用具和食品。
2. 與幼兒討論佈置一個廚房，將廚房內的物品一一畫下。
3. 將幼兒畫的圖掛起來，佈置廚房，並將實物準備好。
4. 教師請幼兒照著掛圖的位置，將實物放置在掛圖前面，並在地面上用自製的羅盤指出方向，註明：東、西、南、北。
5. 教師裝扮成「歡喜婆婆」。當她口中念：「我要蒜頭炒青菜」，幼兒要立即去幫助婆婆把蒜頭、青菜找來。
6. 歡喜婆婆將幼兒拿來的物品集中在一起後，說：「我做好菜了」，幼兒立即前來將各種實物放回圖畫的前面。
7. 放錯位置的做下一個「歡喜婆婆」。

㈣教學資源：

各種物品及其圖卡（如課文）、完整的活動場所

㈤**相關學習：**

　　認知、語言溝通、社會情緒

二、這間店
Chit　keng　tiām

這　間　店，物　件　濟，
Chit　keng　tiām　mih　kiāⁿ　chē

面　巾、面　桶、棉　績　被，
bīn　kin　bīn　tháng　mî　chioh　phē

齒　膏、齒　抿、玻　璃　杯，
khí　ko　khí　bín　po　lê　poe

嘛　有　帽　仔、冊　包　及　拖　仔　鞋。
mā　ū　bō　á　chheh　pau　kap　thoa　á　ê

愛　什　麼，家　己　尋，
Aì　sím　mih　ka　kī　chhē

欲　尋　這，欲　尋　彼，
beh　chhē　che　beh　chhē　he

歸　氣　來　去　尋　頭　家。
kui　khì　lâi　khì　chhē　thâu　ke

(一)**註解**：（河洛語──國語）

1. 物件(mih kiāⁿ) ──東西

2. 濟(chē) ──多

3. 面巾(bīn kin) ──毛巾

4. 面桶(bīn tháng) ──臉盆

5. 棉績被(mî chioh phē) ──棉被

6. 齒膏(khí ko) ──牙膏

7. 齒抿(khí bín) ──牙刷

8. 嘛(mā) ——也

9. 册包(chheh pau) ——書包

10. 拖仔鞋(thoa á ê) ——拖鞋

11. 家己(ka kī) ——自己

12. 尋(chhē) ——找

13. 欲(beh) ——要

14. 彼(he) ——那

15. 歸氣(kui khì) ——乾脆

16. 來去(lâi khì) ——去

17. 頭家(thâu ke) ——老闆

㈡應用範圍：

1. 六歲幼兒。

2. 有關購物主題的單元或方案。

㈢配合活動：

1. 配合超市之類的方案或單元，由幼兒製作或教師準備的小東西多種分類置於數張枱面上，帶領幼兒念誦「這間店」。

2. 距離約五公尺的地方，在地面劃線做起點。

3. 幼兒排成兩、三隊比賽搶購物品，教師下口令「開始」幼兒儘快跑到桌面前。

4. 儘量以雙手捧回物品，抱得多且跑得快的幼兒得勝。

5. 幼兒整理剛才拿過的物品，以河洛語說出物品的名稱，再分類

　　放回，換另一組比賽。
6. 師生玩語言遊戲：教師說「我洗面」，幼兒說「買面巾」，教師說「我欲睏」，幼兒說「買棉績被」。

㈣教學資源：

幼兒作品、小物品、小桌子、操場

㈤相關學習：

肌肉運動、認知、語言溝通

三、日光燈
Ji̍t kong teng

日 光 燈， 大 大 葩，
Ji̍t kong teng tōa tōa pha

照 門 照 壁 照 土 脚，
chiò mn̂g chiò piah chiò thô͘ kha

貓 咪 仔，
niau mi á

驚 甲 匿 佇 桌 仔 脚，
kiaⁿ kah bih tī toh á kha

鳥 鼠 仔，
niáu chhí á

走 甲 裂 褲 脚。
cháu kah li̍h khò͘ kha

(一)**註解**：（河洛語──國語）

1. 大大葩(tōa tōa pha) ──很大盞

2. 土腳(thô͘ kha) ──地上

3. 貓咪仔(niau mi á) ──小貓咪

4. 驚甲(kiaⁿ kah) ──怕得

5. 匿佇(bih tī) ──躲在

6. 桌仔腳(toh á kha) ──桌下

7. 走甲裂褲腳(cháu kah li̍h khò͘ kha) ──没命的奔跑

㈡應用範圍：

1. 四歲以上幼兒。
2. 有關生活常識的主題。

㈢配合活動：

1. 教師將教室內之日光燈熄滅，帶領幼兒進入一個黑暗的情境中。
2. 和幼兒討論「有光」、「無光」的感覺，有何不同？
3. 教師帶領幼兒進行遊戲。
   如：用手電筒照到牆壁，幼兒就說「壁」，用手電筒照到門，幼兒就說「門」。
4. 全體幼兒可依燈光照射的位置，跑向相反方向聚集。
5. 教師和幼兒交換主、被動角色：幼兒照，老師跑。充分練習，「土腳、壁、門、桌仔腳⋯⋯等」。

㈣教學資源：

手電筒、打火機或蠟燭、照明燈

㈤相關學習：

語言溝通、認知、身體感覺

四、阿珠仔愛照鏡
A chu á ài chiò kiàⁿ

阿 珠 仔 愛 照 鏡，
A chu á ài chiò kiàⁿ

掛 耳 鈎，掛 目 鏡，
kòa hīⁿ kau kòa ba̍k kiàⁿ

嘴 歪 歪，鼻 無 正；
chhùi oai oai phīⁿ bô chiàⁿ

阿 珠 仔 愛 照 鏡，
A chu á ài chiò kiàⁿ

逐 擺 看，逐 擺 都 倒 摔 向。
ta̍k pái khòaⁿ ta̍k pái to tò siàng hiàⁿ

(一)註解：（河洛語──國語）

1. 掛耳鈎(kòa hīⁿ kau) ──戴耳環

2. 無正(bô chiàⁿ) ──不正，歪歪的

3. 逐擺(ta̍k pái) ──每次

4. 倒摔向(tò siàng hiàⁿ) ──向後倒下(形容得意忘形狀)

(二)應用範圍：

1. 四歲以上幼兒。

2. 有關服裝儀容的主題。

㈢配合活動：

1. 將幼兒分成二組。
2. 各組選出一位幼兒當模特兒，各組分別共同裝扮模特兒。
3. 分別展示分享，但幼兒分別介紹，「耳鉤」→「掛耳鉤」、「目鏡」→「掛目鏡」。
4. 幼兒練習介紹模特兒，並以河洛語介紹名字，如：「阿明仔掛目鏡」。
5. 創作不同款式的「耳鉤」、「目鏡」，並打扮自己，最後以河洛語介紹自己。
6. 教師帶幼兒念「阿珠仔愛照鏡」。
7. 幼兒選出最喜歡的裝扮。

㈣教學資源：

鏡子、美術區材料、彩紙

㈤相關學習：

創造、語言溝通、人際關係、欣賞

五、齒抿
Khí bín

早 Chái	起 khí	起 khí	來 lâi	攄 lù	攄 lù	攄 lù
暗 àm	時 sî	欲 beh	眠 khùn	攄 lù	攄 lù	攄 lù
嘴 chhùi	齒 khí	欲 beh	白 pèh	攄 lù	攄 lù	攄 lù
大 tōa	人 lâng	囝 gín	仔 á	攄 lù	攄 lù	攄 lù

(一)註解：（河洛語——國語）

1. 齒抿(khí bín) ——牙刷
2. 早起(chái khí) ——早上
3. 攄(lù) ——刷
4. 暗時(àm sî) ——晚上
5. 欲眠(beh khùn) ——要睡覺
6. 嘴齒(chhùi khí) ——牙齒
7. 囝仔(gín á) ——小孩子

(二)應用範圍：

1. 四歲以上幼兒。

2. 有關生活習慣的主題。

㈢配合活動：

1. 搭配「身體」的探索和幼兒討論生活衛生習慣。
2. 教師以河洛語介紹刷牙的用具和方法。
3. 以問答方式帶入詩歌「齒抿」：
　　問：「什麼時陣擽擽擽」
　　答：「早起起來擽擽擽」
　　問：「什麼時陣擽擽擽」
　　答：「暗時欲睏擽擽擽」
　　問：「什麼人愛擽擽擽」
　　答：「大人囝仔擽擽擽」
　　問：「為什麼愛擽擽擽」
　　答：「嘴齒欲白擽擽擽」
4. 配合「小小姑娘」之旋律唱跳。
5. 各組表演分享。
6. 選出美齒小公主、小王子。

㈣教學資源：

　　牙刷、節奏樂器

㈤相關學習：

音律、認知、創造

六、食魚丸仔
Chiàh hî oân á

阿 弟 仔，
A tī á

挖 一 塊 碗，
thèh chit tè oáⁿ

貯 兩 粒 魚 丸 仔，
té nn̄g liàp hî oân á

舉 箸 及 湯 匙 仔，
giàh tī kap thng sî á

坐 佇 椅 頭 仔，
chē tī í thâu á

那 食 魚 丸 仔，
ná chiàh hî oân á

那 看 門 口 人 在 賣 魚 仔。
ná khòaⁿ mn̂g kháu lâng teh bē hî á

(一)註解：（河洛語──國語）

1. 食(chiàh) ──吃

2. 魚丸仔(hî oân á) ──魚丸

3. 挖(thèh) ──拿

4. 一塊(chit tè) ──一個（碗的量詞）

5. 貯(té) ──裝、盛

6. 舉(giàh) ──拿

7. 箸(tī) ──筷子

8. 湯匙仔(thng sî á) ——湯匙
9. 佇(tī) ——在
10. 椅頭仔(í thâu á) ——小凳子
11. 那……那(ná……ná) ——邊……邊
12. 魚仔(hî á) ——魚

㈡應用範圍：

1. 四歲以上幼兒。
2. 有關日常生活的活動、單元或方案。

㈢配合活動：

1. 在餐點的前後，進行生活教育時，教師以河洛語介紹碗筷、湯匙的使用。教師將用過的紙盤、湯匙等畫上臉譜，將紙臉譜貼在竹筷子上端（或用紙臉譜貼在真的耐用的碗、盤上）。
2. 將這些擬人化的器具當故事人物，彼此交談、互動，說出被適當使用及不當使用的經驗和感覺。
3. 教師問幼兒，這些「娃娃」最喜歡怎麼被對待？譬如：吃飯前它們喜歡怎樣？是不是喜歡自己很乾淨、漂亮？並且很整齊地「排排坐」？吃飯後呢？
4. 教師帶幼兒念「食魚丸仔」。
5. 教師再演：筷子、湯匙、碗都叫：「太燙、太燙，好難受」。教師問幼兒「為什麼」，並探討原因。

㈣**教學資源**：

　　紙、碗、盤、筷子、湯匙、美術區用具——紙、筆等

㈤**相關學習**：

　　創造、語言溝通

貳、親子篇

什麼圓圓
Sím mih îⁿ îⁿ

什 麼 圓 圓 頭 殼 頂，
Sím mih îⁿ îⁿ thâu khak téng

什 麼 圓 圓 面 頭 前，
sím mih îⁿ îⁿ bīn thâu chêng

什 麼 圓 圓 市 仔 賣，
sím mih îⁿ îⁿ chhī á bē

什 麼 圓 圓 厝 內 底，
sím mih îⁿ îⁿ chhù lāi té

什 麼 圓 圓 手 裡 挓。
sím mih îⁿ îⁿ chhiú nih theh

帽 仔、電 火 圓 圓 頭 殼 頂，
Bō á tiān hóe îⁿ îⁿ thâu khak téng

時 鐘、目 鏡 圓 圓 面 頭 前，
sî cheng bak kiàⁿ îⁿ îⁿ bīn thâu chêng

肉 圓、面 桶 圓 圓 市 仔 賣，
bah oân bīn tháng îⁿ îⁿ chhī á bē

盤 仔、電 風 圓 圓 厝 內 底，
pôaⁿ á tiān hong îⁿ îⁿ chhù lāi té

包 仔、柑 仔 圓 圓 手 裡 挓。
pau á kam á îⁿ îⁿ chhiú nih theh

㈠註解：（河洛語──國語）

1. 頭殼頂(thâu khak téng)──頭上
2. 面頭前(bīn thâu chêng)──面前
3. 市仔賣(chhī á bē)──市場上賣
4. 厝內底(chhù lāi té)──屋子裏面
5. 手裡挃(chhiú nih theh)──拿在手裏
6. 帽仔(bō á)──帽子
7. 電火(tiān hóe)──電燈
8. 目鏡(bak kiàⁿ)──眼鏡
9. 面桶(bīn tháng)──臉盆
10. 盤仔(pôaⁿ á)──盤子
11. 電風(tiān hong)──電扇
12. 包仔(pau á)──包子
13. 柑仔(kam á)──橘子

㈡活動過程：

1. 家長仿國語之「什麼圓圓圓上天，什麼圓圓圓上天？」一問一答練習。
2. 親子共同練習河洛語詞，以家庭中生活用品為優先。
3. 親子共同討論各項物品的外形及功用。
4. 家長利用家中可發出聲音的物品當節奏樂器，自由變換節奏。

叁、補充參考資料

一、生活會話：

日用品

阿道：老師，什麼是日用品？

老師：逐日著用的物件是日用品。

阿道：面巾、雪文、齒膏、齒抿是日用品囉！

老師：無毋著。

阿道：按呢，我嘛是日用品。

老師：是按怎講？

阿道：爸爸媽媽逐日叫我做這做彼，我嘛是個的日用品。

老師：……

Jı̍t iōng phín

A tō：Lāu su，sím mih sī jı̍t iōng phín。

Lāu su：Tak jı̍t tiòh ēng ê mı̍h kiaⁿ sī jı̍t iōng phín。

A tō：Bīn kin、sat bûn、khí ko、khí bín sī jı̍t iōng phín
lo·！

Lāu su：Bô m̄ tiòh。

A tō： Añ ne， góa mā sī jı̍t iōng phín。

Lāu su：Sī àn chóaⁿ kóng？

A tō：Pa pa ma ma tak jı̍t kiò góa chò che chò he，góa

mā sī in ê jı̍t iōng phín。

Lāu su：……

二、參考語詞：（國語──河洛語）

1. 肥皂──雪文(sat bûn)
　　　　　茶箍(tê kho͘)
2. 洗衣粉──雪文粉(sat bûn hún)
3. 牙膏──齒膏(khí ko)
4. 牙刷──齒抿(khí bín)
5. 漱口杯──齒杯(khí poe)
6. 臉盆──面桶(bīn tháng)
7. 水桶──水桶(chúi tháng)
8. 毛巾──面巾(bīn kin)
　　　　　面布(bīn pò͘)
9. 浴巾──浴巾(ek kin)
10. 手帕──手巾(chhiú kin)
11. 馬桶──便器(piān khì)
12. 浴缸──浴池(ek tî)
13. 衛生紙──衛生紙(oe seng chóa)
14. 鏡子──鏡(kiàn)
15. 雨傘──雨傘(hō͘ sòan)
16. 扇子──扇(sìn)
　　　　　葵扇(khôe sìn)
17. 時鐘──時鐘(sî cheng)

18. 手表——手表仔(chhiú pió á)

　　　　表仔(pió á)

19. 抹布——桌布(toh pò͘)

20. 掃帚——掃手(sàu chhiú)

21. 竹掃把——掃梳(sàu se)

22. 畚斗——畚斗(pùn táu)

23. 畚箕——畚箕(pùn ki)

24. 拖把——布攄仔(pò͘ lù á)

25. 刷子——抿仔(bín á)

26. 菜瓜布——菜瓜布(chhài koe pò͘)

27. 雞毛撢子——雞毛筅(ke mn̂g chhéng)

28. 繩子——索仔(soh á)

29. 牙籤——齒托(khí thok)

30. 茶壺——茶砧(tê kó͘)

31. 茶杯——茶杯(tê poe)

　　　　茶甌(tê au)

32. 熱水瓶——滾水罐(kún chúi koàn)

33. 秤——稱仔(chhìn á)

34. 磅秤——磅仔(pōng á)

35. 秤砣——磅子(pōng chí)

36. 鎖——鎖(só)

37. 鎖匙——鎖匙(só sî)

38. 火柴——番仔火(hoan á hóe)

39. 花瓶——花矸(hoe kan)

40. 花盆——花盆(hoe phûn)

41. 瓶子——矸仔(kan á)

42. 籃子——籃仔(nâ á)

43. 家具——家具(ka khū)

44. 桌子——桌仔(toh á)

45. 書桌——書桌仔(chu toh á)

　　　　　冊桌仔(chheh toh á)

46. 椅子——椅仔(í á)

47. 床——眠床(bîn chhng)

48. 沙發——膨椅(phòng í)

49. 板凳——椅條(í liâu)

50. 小凳子——椅頭仔(í thâu á)

51. 垃圾桶——糞埽桶(pùn sò tháng)

52. 袋子——袋仔(tē á)

　　袋仔(小)——橐仔(lok á)

53. 雨衣——雨衣(hō· i)

54. 鐵錘——損錘仔(kòng thûi á)

55. 螺絲起子——螺絲鉸(lô· si ká)

56. 厨房——灶腳(chàu kha)

57. 瓦斯爐——瓦斯爐(oá su lô·)

58. 熱水爐——熱水爐(jia̍t chúi lô·)

59. 自來水——水道水(chúi tō chúi)

60. 水龍頭——水道頭(chúi tō thâu)

61. 刀子——刀仔(to á)

62. 開瓶器——酒開仔(chiú khui á)

63. 碗——碗(oáⁿ)

64. 筷子——箸(tī)

65. 湯匙——湯匙仔(thng sî á)

66. 飯匙——飯匙(pn̄g sî)

67. 盤子——盤仔(pôaⁿ á)

68. 碟子——碟仔(tih á)

69. 便當盒——便當盒仔(piān tong a̍p á)

70. 便當——便當(piān tōng)

　　　　　　飯包(pn̄g pau)

71. 大海碗——碗公(óaⁿ kong)

72. 鍋子——鼎(tiáⁿ)

73. 鍋鏟——煎匙(chian sî)

74. 電鍋——電鍋(tiān ko)

75. 蒸籠——籠床(lâng sn̂g)

76. 電視——電視(tiān sī)

77. 冰箱——冰箱(peng siuⁿ)

78. 電扇——電風(tiān hong)

79. 電燈——電火(tiān hóe)

80. 燈泡——電球(tiān kiû)

81. 日光燈——日光燈(ji̍t kong teng)

82. 錄影機——錄影機(lo̍k iáⁿ ki)

83. 收音機——收音機(siu im ki)

84. 錄音機——錄音機(lo̍k im ki)

85. 電池——電池(tiān tî)

86. 照相機——翕相機(hip siòng ki)

87. 冷氣機——冷氣機(léng khì ki)

88. 熨斗——熨斗(ut táu)

89. 電腦——電腦(tiān náu)

90. 電話——電話(tiān ōe)

91. 行動電話——行動電話(hêng tōng tiān ōe)

　　手機——手機仔(chhiú ki á)

92. 插頭——插頭(chhah thâu)

93. 電線——電線(tiān sòaⁿ)

94. 開關——開關(khai koan)

95. 衣服——衫(saⁿ)

96. 褲子——褲(khò·)

97. 衣褲——衫仔褲(saⁿ á khò·)

98. 外衣——外衫(gōa saⁿ)

99. 內衣——內衫(lāi saⁿ)

100. 內褲——內褲(lāi khò·)

101. 背心——裌仔(kah á)

102. 棉襖——棉裘(mî hiû)

103. 毛衣——膨紗衫(phòng se saⁿ)

104. 裙子——裙(kûn)

105. 百褶裙——百襇裙(pah kéng kûn)

106. 圍裙——圍司裙(ûi su kûn)

107. 袖子——手椀(chhiú ńg)

108. 領子——頷領(ām niá)

109. 口袋——落袋仔(lak tē á)

　　　　袋仔(tē á)

110. 鈕扣——鈕仔(liú á)

111. 圍巾——領巾(niá kín)

112. 襯衫——siá chuh（外來語）

113. 旗袍——長條(tn̂g liâu)

114. 拉鍊——脫鏈仔(thoah liân a)

jiak ku（外來語）

115. 睡衣——睏衫（khùn sa^n）

116. 棉被——棉被（mî phōe）

117. 枕頭——枕頭（chím thâu）

118. 毯子——毯仔（thán á）

119. 床單——床巾（chhn̂g kin）

120. 彈簧床——膨床（phòng chhn̂g）

121. 草蓆——草蓆（chháu chhiòh）

122. 蚊帳——蠓罩（báng tà）

123. 鞋子——鞋（ê）

124. 皮帶——皮帶（phôe tòa）

125. 拖鞋——拖仔（thoa á）
    淺拖仔（chhián thoa á）

126. 蠶絲被——絲仔被（si á phōe）

127. 襪子——襪仔（bóeh á）

128. 絲襪——絲仔襪（si á bóeh）

129. 別針——稟針（pín chiam）

130. 梳子——捋仔（loáh á）

131. 剪刀——鉸刀（ka to）

132. 針——針（chiam）

133. 線——線（sòa^n）

134. 筆——筆（pit）

135. 原子筆——原子筆（goân chú pit）

136. 鉛筆——鉛筆（iân pit）

137. 鋼筆——萬年筆（bān liân pit）

138. 蠟筆——澀筆(siap pit)
　　　　　蠟筆(la̍h pit)

139. 毛筆——毛筆(mô· pit)

140. 紙——紙(chóa)

141. 信紙——批紙(phoe chóa)

142. 色紙——色紙(sek chóa)

143. 圖畫紙——畫圖紙(ōe tô· chóa)

144. 墨水——墨水(ba̍k chúi)

145. 硯台——墨盤(ba̍k pôaⁿ)

146. 黑墨——烏墨(o· ba̍k)

147. 漿糊——糊仔(kô· á)

148. 膠水——膠水(ka chúi)
　　　　　黏膠(liâm ka)

149. 尺——尺(chhioh)

150. 橡皮擦——拭仔(chhit á)

151. 水彩——水漆(chúi chhat)

152. 黑板——烏枋(o· pang)

153. 黑板擦——烏枋攄仔(o· pang lù á)

154. 粉筆——粉筆(hún pit)

155. 書包——書包(chu pau)
　　　　　冊包仔(chheh pau á)

156. 鉛筆盒——鉛筆殼仔(iân pit khok á)
　　　　　　鉛筆盒仔(iân pit a̍p á)

157. 削鉛筆機——鉛筆摳仔(iân pit khau á)

三、謎語：

1. 一項物仔，四四角角，有嘴無頭殼。

   Chit hāng mih á, sì sì kak kak, ū chhùi bô thâu khak。

   （猜日用品一種）

   答：袋仔（袋子）

2. 一項物仔，爛朽朽，佇桌頂，舞腳舞手。

   Chit hāng mih á, nōa hiù hiù, tī toh téng, bú kha bú chhiú。

   （猜清潔用品）

   答：桌布（抹布）

3. 一枝柴仔直溜溜，有鼻無目睭。

   Chit ki chhâ á tit liu liu, ū phīⁿ bô bak chiu。

   （猜日用品一種）

   答：針

4. 套入去，彎彎蹺蹺，拔起來，軟軟皺皺。

   Thò jip khì, oan oan khiau khiau, puih khí lâi, nńg nńg jiâu jiâu。

   （猜服飾用品）

   答：襪仔（襪子）

5. 一日走三頓，一暝徛到光。

   Chit jit cháu saⁿ tǹg, chit mê khiā kàu kng。

   （猜飲食用具）

答：箸（筷子）

6. 頭光尾鬍，倚壁拖土。

Thâu kng bóe hô, oá piah thoa thô.

（猜日用品一種）

答：掃手（掃帚）

7. 出門一蕊花，入門一條瓜。

Chhut mn̂g chi̍t lúi hoe, ji̍p mn̂g chi̍t tiâu koe。

（猜日用品一種）

答：雨傘

8. 四角兩面，六起七面。

Sì kak nn̄g bīn, la̍k khí chhit bīn。

（猜日用品一種）

答：面巾（毛巾）

9. 兩姊妹仔，平高平大，一人佇內，一人佇外。

Nn̄g chí mōe á, pêⁿ koân pêⁿ tōa, chi̍t lâng tī lāi, chi̍t lâng tī gōa。

（猜日用品一種）

答：鏡（鏡子）

10. 四腳拄四角，有面無頭殼。

Sì kha tú sì kak, ū bīn bô thâu khak。

（猜家具一種）

答：桌仔（桌子）

四、俗諺：

1. 過時曆日。

   Kòe sî la̍h ji̍t。

   （過了時效，沒有用的東西。）

2. 破蓆，蓋豬屎。

   Phòa chhio̍h, khàm ti sái。

   （雖是破爛東西，也有用處。）

3. 棺桶，來塞窗。

   Kōaⁿ tháng, lâi that thang。

   （拿桶塞窗戶，用途不一樣，不適合。）

4. 涼傘雖破，骨格原在。

   Liâng sòaⁿ sui phòa, kut keh goân chāi。

   （喻人雖失敗，但骨氣猶存。）

5. 俗物，食破家。

   Sio̍k mi̍h, chia̍h phòa ke。

   （買便宜貨，但卻不耐用，反而不經濟。）

6. 眞珠，藏到變鳥鼠屎。

   Chin chu, chhàng kàu piàn niáu chhí sái。

   （貴重東西，收起不用，久了就成廢物。）

7. 一斗，較贏九石。

Chit táu, khah iâⁿ káu chioh。

（少量好東西，勝過壞的東西多量。）

8. 一個鼎，煠一粒卵。

Chit ê tiáⁿ, sah chit liap nng。

（一個鍋子，一次只煮一個蛋，謂徒加麻煩。）

9. 三鋤頭，兩畚箕。

Saⁿ tî thâu, nng pùn ki。

（謂做事乾脆痛快。）

10. 三文，買一褲頭。

Saⁿ bûn, bé chit khò· thâu。

（很平易的東西，幾個錢可以買一大堆。）

11. 有衫，無褲。

Ū saⁿ, bô khò·。

（東西不齊全。）

12. 近水，惜水。

Kīn chúi, sioh chúi。

（東西雖多，也不可浪費。）

13. 破鼓，好救月。

Phòa kó·, hó kiù goeh。

（廢物，尚有用處。雖是破鼓，月蝕時尚可拿出來打。）

14. 無針，不引線。

   Bô chiam, put ín sòaⁿ。

   （事出有因。）

15. 鼓無拍，bē彈。

   Kó͘ bô phah, bē tân。

   （凡事不做，就不會有效果。）

16. 褲帶結相連。

   Khò͘ tòa kat sio liân。

   （形影相隨，常在一起。）

17. 捾籃仔，假燒金。

   Kōaⁿ nâ á, ké sio kim。

   （假借正當名義，從事偷偷摸摸的勾當。）

五、方言差異：

㈠方音差異

1. 月　ge̍h /ge̍h
2. 初　chhe/chhoe
3. 嬰　eⁿ/iⁿ

㈡語詞差異

1. 一遍　chı̍t piàn／一擺　chı̍t pái
2. 鐵馬　thih bé／孔明車　khóng bêng chhia·／腳踏車　kha
   tȧh chhia

六、異用漢字：

1. (chàu kha)　灶腳／灶跤
2. (pêng)　旁／爿／邊／平
3. (chē)　濟／儕／多
4. (chhōe)　尋／找／揣／撢
5. (beh)　欲／卜／要／儌
6. (bih)　匿／覕
7. (tī)　佇／在／治／置
8. (chhùi)　嘴／喙
9. (chhù)　厝／茨
10. (thȧh)　挓／提
11. (giȧh)　舉／攑
12. (kap)　及／佮
13. (lâng)　人／農／儂

主題十
電腦及鳥鼠仔（科技生活）

學習重點：

一、用河洛語稱呼日常電器用品名稱。

二、認識現代的日常電器用品的用處。

三、感受科技所帶來的方便。

壹、本文

一A、電 腦
Tiān náu

電 腦 電 腦 你 眞 巧，
Tiān náu tiān náu lí chin khiáu

畫 圖 算 數 攏 會 曉，
ōe tô· sǹg siàu lóng ē hiáu

暝 日 也 獪 四 界 走，
mê ji̍t iā bē sì kòe cháu

冤 食 飯 閣 獪 喝 腹 肚 枵。
bián chia̍h pn̄g koh bē hoah pak tó· iau

(一)註解：（河洛語──國語）

1. 巧(khiáu) ──聰明

2. 算數(sǹg siàu) ──算帳；數數

3. 攏會曉(lóng ē hiáu) ──都會

4. 暝日(mê ji̍t) ──白天晚上

5. 獪(bē) ──不會

6. 四界(sì kòe) ──到處

7. 冤(bián) ──不用

8. 食飯(chia̍h pn̄g) ──吃飯

9. 閣(koh) ──也；又

10. 喝(hoah) ——叫
11. 腹肚枵(pak tó· iau) ——肚子餓

一B、電 腦
Tiān náu

Monitor Monitor	頭 thâu	殼 khak	大 tōa	大 tōa	面 bīn	四 sì	角 kak	，
hardisk hardisk	腹 pak	肚 tó·	扁 píⁿ	扁 píⁿ	學 hak	問 būn	飽 pá	，
keyboard keyboard	嘴 chhùi	仔 á	闊 khoah	闊 khoah	嘴 chhùi	齒 khí	濟 chē	，

人 人 呵 咾 伊 眞 巧 ，
lâng lâng o ló i chin khiáu

無 我 動 手 伊 敢 會 曉 ，
bô góa tāng chhiú i kám ē hiáu

我 及 電 腦 毋 知 啥 人 較 勢 ？
góa kap tiān náu m̄ chai siáⁿ lâng khah gâu

(一)註解：（河洛語——國語）

1. Monitor（外來語）——電腦銀幕
2. hardisk（外來語）——電腦硬碟
3. keyboard（外來語）——電腦鍵盤
4. 頭殼(thâu khak) ——頭

5. 面四角(bīn sì kak) ——臉四方型

6. 腹肚(pak tó͘) ——肚子

7. 學問飽(ha̍k būn pá) ——學問豐富

8. 嘴仔(chhùi á) ——嘴巴

9. 闊闊(khoah khoah) ——寬寬大大

10. 嘴齒濟(chhùi khí chē) ——牙齒多

11. 呵咾(o ló) ——稱讚

12. 伊真巧(i chin khiáu) ——它很聰明

13. 無我(bô góa) ——沒有我

14. 敢會曉(kám ē hiáu) ——難道會曉得

15. 啥人(siáⁿ lâng) ——誰

16. 較勢(khah gâu) ——比較棒;能幹

㈡應用範圍：

1. 五歲以上幼兒。

2. 關於現代電器用品的主題。

㈢配合活動：

1. 教師播放RAP的樂曲,將童詩「電腦」隨樂播放。

2. 和幼兒共同討論玩電腦的經驗,爸媽使用電腦情形。請幼兒分享看過的電腦功能。

3. 教師針對電腦結構,和幼兒進行討論,之後玩對答遊戲。
   教師說「Monitor」,幼兒說「顯示器」。

教師說「Hardisk」，幼兒說「硬碟」。

教師說「Keyboard」，幼兒說「鍵盤」。

教師和幼兒可以對調練習。

4. 教師和幼兒一起念。

5. 教師展示電腦繪出的卡片和票券。

6. 教師展示人工作品，並分享不同方式製作出之作品的感覺。

7. 教師綜合幼兒所知道的提出「……有夠巧，真濟代誌攏會曉，會……會……會……」(空白處等待幼兒說出)。

8. 幼兒練習說說不同電器用品本單元提及之題材，請幼兒說出功用。如：「機器人有夠巧，真濟代誌攏會曉，會……會……會……。」

電冰箱……電動玩具……，依此練習。

9. 將前項之練習配合RAP音樂讓幼兒念唱發表。

㈣教學資源：

RAP音樂、電腦、電腦繪製的卡片及票券、一般作品

㈤相關學習：

語言溝通、認知

二、鳥鼠仔
Niáu chhí á

這 隻 鳥 鼠 眞 奇 怪，
Chit chiah niáu chhí chin kî koài

大 人 囝 仔 攏 喜 愛，
tōa lâng gín á lóng hí ài

點 一 下、點 一 下，
tiám chi̍t ē tiám chi̍t ē

焄 你 上 網 遊 世 界。
chhōa lí chiūⁿ bāng iû sè kài

㈠註解：（河洛語——國語）

1. 鳥鼠仔 (niáu chhí á) ——滑鼠
2. 鳥鼠 (niáu chhí) ——老鼠
3. 囝仔 (gín á) ——小孩子
4. 攏喜愛 (lóng hí ài) ——都喜歡
5. 焄 (chhōa) ——帶

㈡應用範圍：

1. 五歲以上幼兒。
2. 有關科技相關的單元或主題。

㊂配合活動：

1. 教師帶領幼兒念電腦和滑鼠這兩首兒歌，並請幼兒說一說使用電腦和滑鼠的經驗。

   請有上過網的幼兒分享(1)操作滑鼠的方法。(2)上網路的方法。(3)網路上有哪些東西，討論後教師協助幼兒操作滑鼠及上網。

2. 教師和幼兒討論如何把在網路上看到的世界玩出來？幼兒分享在網路上看到各大洲的動物。教師提示：非洲有什麼？或問斑馬在那裡？

3. 請幼兒模仿這些動物的動作特徵，師生一起選擇合適的運動器具配合以下活動。

4. 教師與幼兒討論把設計好的網路世界用不同的圖案表示：如非洲斑馬奔跑——用斑馬圖案表示；澳洲袋鼠跳躍——用袋鼠表示；美洲海豹玩球——用海豹圖案表示；亞洲山羊過河——用山羊表示……等等，並分組將圖案畫在大厚紙板上。

5. 請幼兒將畫好的三～五個圖板放置在地上合適的位置，教師並將幼兒所需的球和平衡木等器具放置在不同的圖板前，且告知幼兒，請一人當滑鼠在這三～五個圖板前跳動。

6. 幼兒一起念「點一下、點一下，炁你上網遊非洲。」（及其他各洲）念完後當滑鼠的幼兒就要模擬滑鼠的樣子跳動到其中的一個代表非洲的大圖板上，其他的幼兒就要依照圖板的動物做不同的身體動作。

大板圖□□□□
滑鼠板→□幼兒站在上面

○○○○

各種運動器材

7. 分享在活動中的感受。

㈣教學資源：

厚紙板、蠟筆、彩色筆、體能器材、電腦全套設備

㈤相關學習：

大肌肉運動如拋、接、跳、跑、爬、平衡及創造、認知、語言溝通

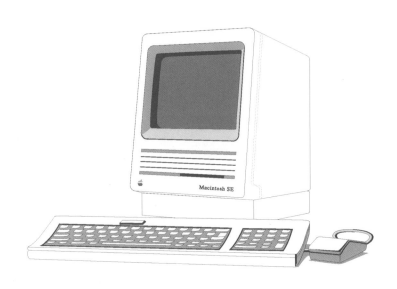

三A、電 冰 箱
Tiān peng siuⁿ

電　冰　箱，　大　大　台，
Tiān　peng　siuⁿ　tōa　tōa　tâi

貯　什　麼　予　你　猜。
té　sím　mih　hō·　lí　chhai

冰　西　瓜，　冰　旺　梨，
peng　si　koe　peng　ōng　lâi

汽　水、　果　汁　排　歸　排。
khì　khúi　kó　chiap　pâi　kui　pâi

也　有　魚，　也　有　菜，
Iā　ū　hî　iā　ū　chhài

冰　淇　淋，　我　上　愛。
peng　kî　lîm　góa　siōng　ài

(一)註解：（河洛語——國語）

1. 貯(té) ——裝
2. 予(hō·) ——讓
3. 旺梨(ōng lâi) ——鳳梨
4. 歸排(kui pâi) ——整排
5. 上愛(siōng ài) ——最喜歡

三B、電冰箱
Tiān peng siuⁿ

面 四 角 ， 身 軀 大 ，
Bīn sì kak seng khu tōa

腹 肚 潤 潤 潤 ，
pak tó· khoah khoah khoah

內 底 會 當 冰 物 件 ，
lāi té ē tàng peng mi̍h kiāⁿ

一 領 衫 ， 親 像 壁 ，
chi̍t niá saⁿ chhin chhiūⁿ piah

毋 驚 蝴 蠅 及 蚼 蟻 ，
m̄ kiaⁿ hô· sîn kap káu hiā

毋 驚 鳥 鼠 仔 來 偷 食 。
m̄ kiaⁿ niáu chhí á lâi thau chia̍h

(一)註解：（河洛語──國語）

1. 面 (bīn) ──臉

2. 身軀 (seng khu) ──身體

3. 腹肚 (pak tó·) ──肚子

4. 潤潤潤 (khoah khoah khoah) ──非常寬潤

5. 內底 (lāi té) ──裏面

6. 會當 (ē tàng) ──可以

7. 冰物件 (peng mi̍h kiāⁿ) ──冰東西

8. 一領衫 (chi̍t niá saⁿ) ──一件衣服

9. 親像(chhin chhiūⁿ) ——好像

10. 毋驚(m̄ kiaⁿ) ——不怕

11. 蝴蠅(hô· sîn) ——蒼蠅

12. 蚼蟻(káu hiā) ——螞蟻

13. 鳥鼠仔(niáu chhí á) ——老鼠

㈡應用範圍：

1. 三歲以上幼兒。

2. 有關電器用品相關的主題或單元。

3. 有關食物相關的主題或單元。

4. 有關空間、分類相關的主題或單元。

㈢配合活動：

1. 教師蒐集一個大型紙箱（冰箱或TV紙箱），蒐集超市或百貨公司的廣告單，讓幼兒分享家中冰箱放些什麼東西？幼兒將自己喜歡的食品剪下貼在或掛在紙卡冰箱內外，成為一造型作品。

2. 教師教念「電冰箱」歌謠後，請幼兒分享最喜歡冰箱內的那些東西？為什麼？

3. 在深度探索過電冰箱之後，教師請幼兒想像把教室變成一個大冰箱。溫度很低，幼兒想像大冰箱裏可能會發生的事，如，變成像硬硬的冰棒、冰涼的布丁、飲料等。教師打扮成冰箱的歷險者，取出自己想吃的東西，被牽出來的幼兒假裝被吃掉變

成和老師相同的歷險隊員。另一位教師在旁旁白：開門太久，熱氣跑進冰箱、物品開始退冰，冒出水珠，歷險隊應該怎麼辦？此時詢問幼兒該怎麼做（幼兒可能說把門關上），大家把門關上卻發現裏面太冷，教師再問怎麼辦？於是對外求救，並順利歷險歸來。

㈣教學資源：

較大場地、大紙箱、廣告單、美術用具、冰箱

㈤相關學習：

認知、感覺、創造

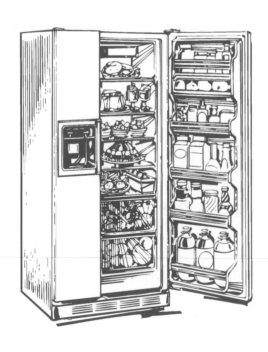

四、機器人
Ke khì lâng

機器人，
Ke khì lâng

叫阿土，
kiò A thó͘

免食飯，
bián chiàh pn̄g

會行路，
ē kiâⁿ lō͘

會寫字，
ē siá jī

會畫圖，
ē ōe tô͘

會曉擘柑仔，
ē hiáu peh kam á

嘛會曉擘葡萄，
mā ē hiáu peh phû tô

會曉講故事，
ē hiáu kóng kò͘ sū

嘛會曉去迌迌。
mā ē hiáu khì chhit thô

㈠註解：（河洛語──國語）

1. 會曉(ē hiáu) ──會

2. 免食飯(bián chiàh pūg) ──不用吃飯

3. 行路(kiâⁿ lō·) ──走路

4. 擘(peh) ──剝

5. 柑仔(kam á) ──橘子

6. 嘛(mā) ──也

7. 迌迌(chhit thô) ──遊玩

㈡應用範圍：

1. 五歲以上幼兒。

2. 有關電器或科技產品的單元或主題。

3. 配合故事內容念誦。

㈢配合活動：

1. 將班上幼兒帶到一寬廣的場地，玩１２３機器人的遊戲。幼兒在此時模仿自己想像中之奇怪模樣或動作。

2. 遊戲中，老師將歌謠中所提到之機器人會做的事情串聯成故事，讓幼兒在此遊戲中扮演，例如：這個機器人正用大屁股寫一個好大的「大」字，又拿起一顆「柑仔」剝了皮一片一片餵他的機器人朋友吃……，並彼此溝通。

3. 讓幼兒想像機器人可以做什麼事情，要用河洛語說出，若不會的話可以請教由教師所扮演的機器人博士。也可以用演的方式讓別人猜猜他的機器人會做什麼事情。

4. 遊戲結束後，機器人博士帶著小機器人再把剛剛遊戲中機器

人做過的事情用河洛語說一遍。

㈣教學資源：

寬敞的場地

㈤相關學習：

社會情緒、身體與感覺、語言溝通

五、阿義看電視

A　gī　khòaⁿ　tiān　sī

阿　義　　阿　義，
A　gī　　A　gī

歸　工　看　電　視，
kui　kang　khòaⁿ　tiān　sī

那　看　電　視　那　食　麵，
ná　khòaⁿ　tiān　sī　ná　chiah　mī

歸　桌　頂，
kui　toh　téng

落　甲　全　是　麵，
lak　kah　choân　sī　mī

一　雙　箸，
chit　siang　tī

強　欲　撞　著　鼻。
kiông　beh　tōng　tioh　phīⁿ

(一)註解：（河洛語──國語）

1. 歸工(kui kang)──整天

2. 那……那(ná……ná)──邊……邊

3. 食(chiah)──吃

4. 歸桌頂(kui toh téng)──整個桌上

5. 落甲(lak kah)──掉得

6. 箸(tī)──筷子

7. 強欲(kiông beh)──幾乎

8. 撞著(tōng tio̍h) ——觸到

㈡應用範圍：

1. 四歲以上幼兒。
2. 配合與電器相關的主題或單元。
3. 配合視力保健或生活常規的單元或主題。

㈢配合活動：

1. 教師和幼兒分享看過的電視節目，教師問幼兒最喜歡那一個廣告？教師示範一個廣告：賣電視。
2. 教師可利用有框的方形體當成電視做為廣告時間用。廣告中教師扮成廣告人念「阿義看電視」的兒歌，並帶領幼兒一起念。
3. 廣告時間結束後，教師與幼兒討論：這個廣告好不好？為什麼？一邊看電視、一邊吃麵的話可能會發生的情況。看了這個廣告想不想看電視？為什麼？為什麼阿義「歸工看電視」？
4. 與幼兒一起改變廣告詞，將「阿義看電視」的兒歌改編：
   「阿義阿義看電視
   　那看電視那食麵
   　落甲桌頂全是麵
   　一雙箸強欲撞著鼻
   　阿義阿義看電視
   　毋通歸工看電視
   　一雙箸才𣍐撞著鼻」

5. 以上配合「小星星」的曲子來唱。

(四)**教學資源**：

布塊、圓柱物品、方形框

(五)**相關學習**：

音樂、安全保健

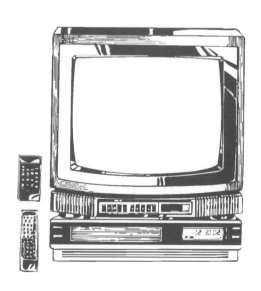

貳、親子篇

洗　衫　機
Sé　san　ki

這　個　箱　仔　眞　奇　怪，
Chit　ê　siun　á　chin　kî　koài

垃　圾　的　囥　入　去，
lah　sap　ê　khǹg　ji̍p　khì

清　氣　的　變　出　來。
chheng　khì　ê　piàn　chhut　lâi

(一)註解：（河洛語──國語）

1. 洗衫機(sé san ki) ──洗衣機
2. 箱仔(siun á) ──箱子
3. 垃圾的(lah sap ê) ──骯髒的
4. 囥入去(khǹg ji̍p khì) ──放進去
5. 清氣(chheng khì) ──乾淨

(二)活動過程：

1. 家長先以謎語方式念出讓幼兒猜謎，答案揭曉後由幼兒當衣服，家長當洗衣機將孩子拉或抱或旋轉或上下翻動玩洗衣機

在洗衣服的遊戲。

2. 讓幼兒練習刷洗襪子或手帕後跟著家長拿到洗衣機內去洗，洗好後帶著孩子一起晾衣服、收衣服、摺衣服。

3. 和幼兒討論洗衣機的功用及其該注意的事情。

4. 和幼兒一起念「洗衫機」。

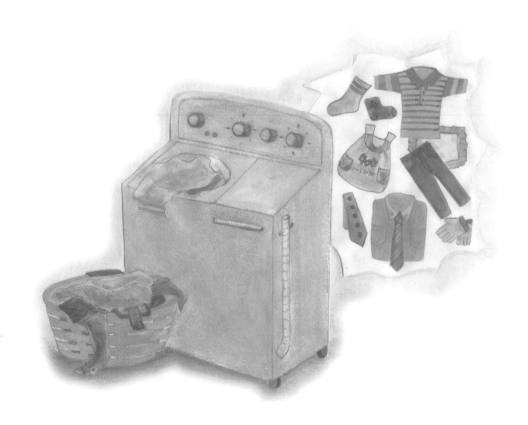

叁、補充參考資料

一、生活會話：

用電

老師：小朋友，恁知影什麼物件著愛用電咧？

小英：我知影，電視、電冰箱、電影、電腦。

小雲：我嘛知，電鍋、電火、熨斗、電風。

小虎：閣有洗衫機、冷氣機、火車。

小龍：老師，有一項免用電。

小英：是什麼？

小龍：無線電。

老師：無線電是用電波，嘛是著用電。

Eng tian

Lāu su：Sió pêng iú，lín chai iáⁿ sím mih mih kiāⁿ tio̍h ài
　　　　ēng tiān leh？

Sió eng：Góa chai iáⁿ，tiān sī、tiān peng siuⁿ、tiān iáⁿ、
　　　　tiān náu。

Sió hûn：Góa mā chai，tiān ko、tiān hóe、ut táu、tiān
　　　　hong。

Sió hó͘：Koh ū sé saⁿ ki、léng khì ki、hóe chhia。

Sió lêng：Lāu su，ū chi̍t hāng bián ēng tiān。

Sió eng：Sī sím mih？

Sió lêng：Bô sòaⁿ tiān。

Lāu su：Bô sòaⁿ tiān sī ēng tiān pho，mā sī tio̍h ēng tiān。

二、參考語詞：（國語——河洛語）

1. 科技——科技(kho ki)
2. 科學——科學(kho ha̍k)
3. 電腦——電腦(tiān náu)
4. 電視——電視(tiān sī)
5. 照相機——翕相機(hip siòng ki)
6. 攝影機——攝影機(liap iáⁿ ki)
7. 打字機——拍字機(phah jī ki)
8. 望遠鏡——千里鏡(chian lí kiàⁿ)
9. 放大鏡——泛鏡(hàm kiàⁿ)
10. 網路——網路(bāng lō͘)
11. 滑鼠——鳥鼠仔(niáu chhí á)
12. 鍵盤——字盤(jī pôaⁿ)
13. 雷射——雷射(lûi siā)
14. 行動電話；大哥大——手機仔；行動電話（大哥大）(chhiú ki á; hêng tōng tiān ōe)
15. 冷氣機——冷氣機(léng khì ki)
16. 洗衣機——洗衫機(sé saⁿ ki)
17. 電冰箱——電冰箱(tiān peng siuⁿ)
18. 電話——電話(tiān ōe)

19. 傳眞機——傳眞機(thoân chin ki)

20. 電扇——電風(tiān hong)

21. 電動玩具——電動迌迌物仔(tiān tōng chhit thô mih á)

三、謎語：

1. 一間厝仔無門窗，內底蹛咧千萬人。

   Chit keng chhù á bô mn̂g thang, lāi té tòa leh chheng bān lâng。

   (猜電器用品)

   答：電視

2. 壁裡有兩孔，毋是蚼蟻縫，毋是鳥鼠孔，伊是百工的恩人。

   Piah nih ū nn̄g khang, m̄ sī káu hiā phāng, m̄ sī niáu chhí khang, i sī pah kang ê un lâng。

   (猜電器用品)

   答：插座

3. 一間厝仔，有門無窗，有時塞塞，有時空空。

   Chit keng chhù á, ū mn̂g bô thang, ū sî chat chat, ū sî khang khang。

   (猜電器用品)

   答：冰箱

四、俗諺：

1. 一理通，萬里徹。

It lí thong, bān lí thiat。

（一通百通，通曉一個原理，就能通曉萬般的原理。）

2. 捌一，毋捌二。

Bat it, m̄ bat jī。

（只知其一，不知其二。）

3. 一步棋，一步著。

Chi̍t pō͘ kî, chi̍t pō͘ tio̍h。

（每一步棋，都有計劃，按步就班的。）

4. 十藝，九不成。

Cha̍p gē, káu put sêng。

（無專一之事，就難成大事。）

5. 一藝，防身己。

Chi̍t gē, hông sin kí。

（一藝在身，可解決生活。）

6. 做事，起頭難。

Chò sū, khí thâu lân。

（凡事，開頭難，開創不易。）

7. 緊行，無好步。

Kín kiâⁿ, bô hó pō͘。

（急做，沒有好處。）

8. 講頭，知尾。

Kóng thâu, chai bóe。

（聞一知十。）

9. 講破，毋值三文。

Kóng phòa, m̄ ta̍t saⁿ bûn。

（凡事如果說穿了，就不值錢，就不稀奇了。）

10. 𣍐曉行船，嫌溪狹。

Bē hiáu kiâⁿ chûn, hiâm khe e̍h。

（自己不會做，卻要說別的一大堆理由。）

11. 人，各有所長。

Lâng, kok iú só͘ tiông。

（人各有長處。）

12. 有好，毋捌寶。

Ū hó, m̄ bat pó。

（言人不知其好處。）

五、方言差異：

㈠方音差異

1. 畫圖　ōe tô͘/ūi tô͘

2. 暝日　mê ji̍t/mî ji̍t

3. 燴　bē/bōe

4. 四界　sì kòe/sì kè

5. 濟　chē/chōe

6. 鳥鼠　niáu chhí/niáu chhú

7. 貯　té/tóe

8. 內底　lāi té/lāi tóe

9. 葡萄　phû tô/phô tô

10. 迌迌　chhit thô/thit thô

11. 洗衫機　sé san ki/sóe san ki

㈡語詞差異

1. 歸工　kui kang／歸日　kui ji̍t

六、異用漢字：

1. (chē) 濟／儕／多

2. (tāi chì) 代誌／事誌

3. (hō·) 予／互

4. (sì kòe) 四界／四過

5. (ōng lâi) 旺梨／鳳梨

6. (siōng ài) 上愛／尙愛

7. (peh) 擘／掰／剝

8. (chhit thô) 迌迌／佚陶／彳亍

9. (chhùi) 嘴／喙

10. (m̄)　毋／怀／不／姆

11. (gâu)　勢／賢

12. (khah)　較／卡

13. (gín á)　囝仔／因仔

14. (beh)　欲／卜／要／懱

15. (bē)　繪／袂／昧

16. (kap)　及／佮

《枝仔冰》光碟曲目對照表

曲目	內　　　容	曲目	內　　　容
A1	主題五　嬰仔搖（甜蜜的家） 壹、本文 　　一、阮兜	A18	二、我唱TO，食香菇
		A19	三、卵炒飯
		A20	四、真愛食
A2	二、挨仔挨呼呼	A21	五、食枝仔
A3	三、搖啊搖	A22	貳、親子篇- 食紅龜
A4	四、爸爸真辛苦	A23	參、補充參考資料
A5	五、五個阿兄	A24	主題八　瓜子　果子（常吃的蔬果） 壹、本文 　　一、阿媽種菜
A6	六、大姑　二姑		
A7	七、真無閒		
A8	貳、親子篇- 嬰仔搖	A25	二、金瓜
A9	參、補充參考資料	A26	三、紅菜頭
A10	主題六　媽媽披衫我幫忙（衣服） 壹、本文 　　一、配衫褲	A27	四、瓜子　果子
		A28	五、芥菜　韭菜
		A29	六、什麼子
A11	二、泅水衫	A30	七、西瓜
A12	三、洗衫	B1	八、甘蔗
A13	四、披衫	B2	九、旺梨
A14	五、睏衫	B3	十、葡萄
A15	貳、親子篇- 補褲	B4	十一、枝仔
A16	參、補充參考資料	B5	十二、木瓜
A17	主題七　枝仔冰（家常食物） 壹、本文 　　一、枝仔冰	B6	貳、親子篇- 番薯
		B7	參、補充參考資料

曲目	內　　　　容	曲目	內　　　　容
B8	壹、本文	B16	壹、本文
	一、壁頂弔圖		一、A電腦
B9	二、這間店	B17	B電腦
B10	三、日光燈	B18	二、鳥鼠仔
B11	四、阿珠仔愛照鏡	B19	三、A電冰箱
B12	五、齒抿	B20	B電冰箱
B13	六、食魚丸仔	B21	四、機器人
B14	貳、親子篇- 什麼圓圓	B22	五、阿義看電視
B15	參、補充參考資料	B23	貳、親子篇- 洗衫機
B16	**主題十 電腦及鳥鼠仔（科技生活）**	B24	參、補充參考資料

國家圖書館出版品預行編目資料

枝仔冰／方南強等編. -- 初版. -- 臺北市：遠流，
2002 [民 91]
　　面； 公分 --（歡喜念歌詩；2）（鄉土教學・
河洛語）

　　ISBN 957-32-4546-9（全套：平裝附光碟片）.
　-- ISBN 957-32-4548-5（第 2 冊：平裝附光碟片）.

859.8　　　　　　　　　　　　　　91000575

歡喜念歌詩 ❷ -枝仔冰

指導委員◎方炎明　古國順　田英輝　李宏才　幸曼玲　林文律　林佩蓉
　　　　　唐德智　陳益興　許明珠　趙順文　蔡春美　蔡義雄　蘇秀花
編輯委員◎方南強（召集人，童詩寫作，日常會話及各類參考資源）
　　　　　漢菊德（編輯大意：教材意義、組織及其使用主筆，教學活動規劃、修編）
　　　　　王金選（童詩寫作）
　　　　　李素香（童詩寫作）
　　　　　林武憲（童詩寫作）
　　　　　陳恆嘉（童詩寫作）
　　　　　毛穎芝（教學活動）
　　　　　吳美慧（教學活動）
　　　　　陳晴鈴（教學活動）
　　　　　謝玲玲（美編、內文版型設計）
內文繪圖◎謝玲玲　林恆裕　楊巧巧　林俐萍　台北市民族國小美術班
封面繪圖◎郭國書
封面構成◎黃馨玉
出　　版◎遠流出版事業股份有限公司・正中書局股份有限公司
印　　刷◎寶得利紙品業有限公司

發 行 人◎王榮文
出版發行◎遠流出版事業股份有限公司
地　　址◎台北市汀州路三段184號7樓之5
電　　話◎(02)23651212
傳　　真◎(02)23657979
郵　　撥◎0189456-1

香港發行◎遠流（香港）出版公司
地　　址◎香港北角英皇道310號雲華大廈四樓505室
電　　話◎(852)25089048
傳　　真◎(852)25033258
香港售價◎港幣100元

著作權顧問◎蕭雄淋律師
法 律 顧 問◎王秀哲律師・董安丹律師

2002年2月16日 初版一刷
行政院新聞局局版臺業字第1295號
售價◎300元（書+2CD）
如有缺頁或破損，請寄回更換
版權所有・翻印必究　Printed in Taiwan
ISBN 957-32-4546-9（套）
ISBN 957-32-4548-5（第二冊）

YL一遠流博識網 http://www.ylib.com
E-mail:ylib@ylib.com

想像力與愛心的兒童土地自覺及自信

新家園◆繪本系列

淡江大學建築系主任　鄭晃二・策劃

1 城市庭園

文、圖／葛達・穆勒
譯／曹慧

　　小維和家人新搬到城市的一間房子來，最令人高興的是，還有一座大花園，甚至種著幾株老樹，雖然環境有些髒亂，但是他們相信有朝一日，這兒會是一座最美麗的「城市庭園」。

　　從園藝的歡樂中，開啟觀照周遭環境的視野，體驗大自然生生不息的奧妙，學習社區營造的第一步。

　　社區規劃師　謝慧娟推薦

定價280元

2 三隻小狼和大壞豬

文／尤金・崔維查
圖／海倫・奧森貝里
譯／曾陽晴

　　小狼為了建蓋一間舒適的房子，處心積慮的防禦大壞豬的破壞，一次又一次的失敗，最後終於讓他們找到了好辦法。

　　體會生活周遭的藝術和美感，以及環境影響人的行為與氣質的重要性，學習社區營造的第一步。

　　樂山文教基金會執行長　丘如華推薦

定價280元

3 橘色奇蹟

文、圖／丹尼・平克華特
譯／畢恆達

　　有一天，一隻冒失的鴿子銜著一桶油漆飛過梅豆豆家上空，不小心在屋頂上留下了一個很大的橘色斑點，為他帶來了靈感，也影響了其他人，最後甚至改變了這條街。

　　每個人都有能力創造與改造空間，空間將因此越加豐富，大家也在參與中得到成長，學習社區營造的第一步。

　　國立台灣大學建築與城鄉研究所副教授
畢恆達推薦

定價240元

4 天堂島

文、圖／查爾斯・奇賓
譯／王淑宜

　　天堂島不是什麼名勝，但是亞當熱愛它。因為這裡住著他所認識的人們，不分職業、不論貧賤，彼此相知相惜，亞當衷心欣賞這些老鄰居，也一直慶幸有他們陪伴。直到有一天……

　　傾聽各種不同的聲音，尋找社區生活的價值，學習社區營造的第一步。

　　作家，新故鄉文教基金會董事長
廖嘉展推薦

定價260元

5 街道是大家的

文／庫路撒
圖／墨尼卡・多朋
譯／楊清芬

　　一個發生在南美洲委內瑞拉的真實故事。有一群小朋友因為居住的地方，連個遊戲、活動的區域都沒有，經過一連串的努力，他們終於喚起大人們的注意，而營造一個兒童們的遊戲場，最後變成了所有人共同的事。

　　即使是小朋友，對於自己的生活環境也可以有自己的主張，只有自己才能真正代表自己、爭取自己參與公共空間決定的權力，學習社區營造的第一步。

　　淡江大學建築系主任　鄭晃二推薦

定價280元